ハヤカワ文庫 SF
〈SF2089〉

宇宙英雄ローダン・シリーズ〈529〉

# 難船者たち

H・G・フランシス＆クルト・マール
若松宣子訳

JN210606

早川書房
7837

日本語版翻訳権独占
早　川　書　房

©2016 Hayakawa Publishing, Inc.

**PERRY RHODAN**
DIE GESTRANDETEN
VORSTOß NACH M3
by
H. G. Francis
Kurt Mahr
Copyright ©1981 by
Pabel-Moewig Verlag GmbH
Translated by
Noriko Wakamatsu
First published 2016 in Japan by
HAYAKAWA PUBLISHING, INC.
This book is published in Japan by
PABEL-MOEWIG VERLAG GMBH
through JAPAN UNI AGENCY, INC., TOKYO.

目次

# 難船者たち

# 難船者たち

H・G・フランシス

**登場人物**

**イホ・トロト**……………………………ハルト人
**ブルーク・トーセン**……………………惑星ジャルヴィス＝ジャルヴのもと輸入管理官
**ダリオ・スパウル**………………………ルックアウト・ステーション指揮官
**ディック・フォロー**……………………同指揮官代行
**トルーランプ**……………………………セレスプラマー人。宇宙船船長
**コシャム**…………………………………同。コミュニケーション技術者
**カメラーム**………………………………同。宇宙物理学者

# 1

「帰路は断たれた」トルーランプ船長がいった。「われわれ、ブラックホールへ突入する。これですべてが決まる」

女三名は司令室の主スクリーンのほうを向いた。ブラックホールは不可視だが、種々の計測装置により存在が確認されて、そのポジションが赤い円でしめされている。

「ここにいることを許され、誇りと幸福を感じます」コシャムは、敬虔《けいけん》なほどの熱意をこめていうと、シートから立ちあがり、司令室中央にあるコンソール上の鏡に向かってすべるように移動した。そこから四メートル上に設置した第二の鏡に視線を向ける。鏡は恒星タウセンシエのだんだん弱まっていく光をとらえ、集束してコンソールに送っていた。

鏡にうつるタウセンシエはすでにこぶし大の真紅の球となり、三惑星はとうに宇宙空間の暗闇に消えている。

「誇り？」トルーランプがききかえし、シートごとからだを回転させた。「どういう意味だ？」

船長は怪訝《けげん》そうに、

「われらが誉れ高き種族のなかで、われわれだけが生きのこるよう選抜された事実は、誇るのではなく謙虚にうけとめるべきだ」と、コシャムを諭した。「慈悲深き神、宇宙の不滅の存在に、われわれ三名は選ばれた。コシャム、あなたと、ここにいるカメラームと、このわたし、トルーランプだ。コシャム、あなたはコミュニケーション技術者として……」

「そう、選ばれました」コシャムは船長の話をさえぎった。こんなふるまいは無礼だとわかっていたが。「われわれ、これまでほかの知性体に遭遇したことがなく、多くの者はいまも、宇宙に存在するのは自分たちだけと信じています。ですが、わたしは、まもなく未知生物に遭遇すると確信しています。すくなくとも、われわれと同程度の知性を持つ生物に。われわれよりもはるかに知性が高いかもしれません。だからこそ、わたしが選ばれたのです。そうした生物と、カタストロフィを招くことなく意思疎通する方法を心得ていますので」

トルーランプとカメラームは、コミュニケーション技術者の態度に衝撃をうけた。これまで、話をしているさいに、だれかにさえぎられたことなど、なかったから。しかも、それだけではない。問いかけに即答することは、昔からぶしつけだとされている。育ちのいいセレスプラマー人ならばだれもが、言葉を発する前に数秒の間をおくものと心得ている。そのせいで会話は長くなるが、それこそがレベルの高い会話なのだ。根気よく待つことは相手に対する尊敬の念を意味し、相手が望んだ場合は言葉をつけくわえられる状態が、当然とされていた。

それでも、トルーランプとカメラームはコシャムを許すつもりだった。こうした失礼な態度の原因は、コミュニケーション技術者がつねに異質なメンタリティをうけいれようと試みているからなのだ。もっとも、相手に発言させないほど無礼な知性体が存在するとは、二名には想像しがたかったのだが。

「だといいが」と、宇宙物理学者のカメラームは嘆息した。「しかし、これまでのところ、すべて机上の論理だ。われわれ、まだ、セレスプラマー人以外の生物に遭遇したことはない。だから、その生物のメンタリティも反応もわからない」

コシャムは今回はいくらか礼儀正しさをたもち、数呼吸ぶん、慎重に間をおいてから答えた。

「ブラックホールについてもやはり、われわれ、見たことがないからわからない。理論的知識があるだけだ。しかし、それで充分なのか……？」

カメラームは挑発されたように感じ、

「いずれわかる」と、答え、ブラックホールの存在をしめす赤い円を見つめ、物思いにふけった。宇宙船はそこに向かって疾駆しており、宇宙のいかなる力もいまはこのコースを変更できないだろう。「しかし、論争はやめよう。われわれは、種族のなかで唯一のチャンスをまだにぎる無二の存在なのだから。セレスプラマーは壊滅する。惑星は三日後に小惑星群に突入し、直径数キロメートルの岩塊が二十以上も、われわれの故郷惑星に衝突する。それが終わりの時だ。セレスプラマーは打ち砕かれ、全生命が消滅するだろう」

「われわれだけが生きのびるだろう」敬意をあらわす間をおいたのち、船長がつけくわえた。「おそらく」

「いえ、確実です」と、宇宙物理学者。「理論は正しいと確信しています。想像をこえる宇宙の距離を克服する唯一の方法は、時間を操作すること。何物も光より速く進めないのは周知のことですが」

「たしかに」と、コシャム。

「それでも遠大な距離を突破する方法をひとつ発見しました。何百年も旅をする必要はありません」

「わかっている」と、コシャム。「すべてを理解したわけではないが」

「ブラックホールを使うのです」カメラームが解説した。

「わたしが知るかぎりでは、ブラックホールはあらゆる物理学の最終的危機をしめしている」船長がいう。「宇宙空間にあいた穴で、すべてを吸いこみ、何物も脱出できない。強力な重力場を持ち、光さえとらえてしまう」

「そのとおり」カメラームが立ちあがり、からだをのばして直立した。風変わりで奇妙な嗜好の持ち主で、極端にはしる傾向があり、ほかの女二名の神経にさわることもある。カメラームは十九以上の多様な生物の脱皮した皮を身につけていた。肉体構成物質を分割し、三本脚で直立歩行する生物のように見せている。球状の頭、細長い上体、ふたつの膨張した楕円形からなる下腹部を持ち、脚の一本は細く、主になるもう一本は太い。先のとがった尾でからだを支えている。

　その外見は、すべてほかの生物のぬけがらでできていた。右腕は深海ザリガニ、左腕は巨大コオロギ、頭にはウニの殻をつけ、かたちが一定でないからだのほかの部分も、さまざまな生物の殻をまとっている。これらは成長すると、窮屈になった殻を脱ぎすててあらたな外骨格を形成する生物だ。

　コシャムとトルーランプは、この点に関してはずっとひかえめで、はがれた樹皮を使ってつくった軽い外被で身をつつんでおり、その姿は切り株のように見えた。切り株の下からは疑似台座がつきだし、上からは細い糸が何本ものびている。そこに顕微鏡サイズの知覚器官がついているのだ。樹皮は薄くしなやかで、裂ける心配をすることなく、思いのままからだを屈伸できた。

しかし、そうした殻をまとうことが必要というわけではなく、鋼製容器にはいったり、水中にからだをひそめたりすることもできたのだが。

「ブラックホールが接近するものすべてをひきずりこむなら、なぜわれわれは、あえてそこに進入するのだ？　終わりが待ちうけているにちがいないのに」コシャムがいった。

「そう思うなら、なぜこの船に乗っている？」カメラームがたずねた。

「なぜなら、われわれが死ぬことはないとあなたにいわれたから。それに、わたしは選ばれたのだ。あなたと同様、体内に三千の受精卵細胞を持っている。われわれが生存可能な惑星の発見に成功するならば、種族はあらたに生まれ、希望に満ちた未来が開けるだろう。で、ブラックホールを脱出する方法は？」コミュニケーション技術者で、自然科学についてほとんど知識のないコシャムはたずねた。

「脱出はしない」宇宙物理学者が説明する。「かつてブラックホールは動くことなく、宇宙空間に相対的に静止していると思われていたが、いまではまったく違うとわかっている。ブラックホールは高速で自転している。われわれが向かっているブラックホールは、毎秒千回自転していて、その遠心力はすさまじい。そのためブラックホールは球体を維持できず、中央が極端にふくらんだ円盤形になる」

「そうか」コシャムは肉体構成物質の一部をのばして弧にすると、その先に目をつくり、カメラームを好奇心たっぷりに見つめた。「それで、その意味は？」

「われわれ、ブラックホールの自転速度にあわせる必要があるということ。まずブラックホールの周囲に大きく弧を描くようなコースをとり、速度をあげながらブラックホールの縁に接近する。〝事象の地平線〟を通過するまで」

「事象の地平線というのは、二度と帰還できなくなるゾーンだな？」

「まさに。縁に接近していき、最終的にはなかにはいる。だが、ブラックホールにのみこまれるわけではなく、べつの宇宙への入口を通過するのだ」

「ブラックホールによってわれわれの速度が加速され、光よりも速くなるのか？」と、コシャムがたずねる。

「いや、もちろん違う」カメラームは平静をたもったまま、辛抱強く答えた。この質問には何度も答えており、ほかの二名もようやく理解したはずと思っていたのだが。「時間が変動することはわかるな。たとえば、宇宙船に乗り高速で宇宙空間を移動している者は、その者が出発した惑星にのこっている者よりもゆっくり年をとる」

「そのとおりだ」

「ここで速度の問題が出てきます。速度が上昇するほど、時間の遅れは大きくなる。どれだけ速度があがると、どれだけ時間が遅くなると思いますか？」

　カメラームはそういって、急ごしらえの目でトルーランプを見つめた。

　船長はくっとおさえた音をたてた。この質問を楽しんでいる証拠だ。

「それはわれわれ、とうに算出した、カメラーム。燃料が無限に必要になるので実際的ではないが、理論上では光速まで加速することができ、最終的には時間は静止する。時間が逆行することさえありうる」

「時間が静止すれば、われわれには充分です」と、宇宙物理学者。

「時間が静止したら」コシャムが考えこんだ。「われわれは、時間のロスなく空間を移動できるにちがいない」

　カメラームは賞讃するように吐息をもらした。

「わかったようだな。ブラックホールは巨大な重力を持つため、光速よりはるかに遅い速度でも、まさにそれが起こるようにしむけてくれるのだ。われわれはブラックホールを何度か周回する。無限への入口が見つかるまで。その入口にはいった瞬間、われわれにとっての時間はとまる。数百万光年の距離をこえ、運がよければ居住惑星のそばに出られるかもしれない」

「もし銀河間の空虚空間に出てしまったら？」コシャムがたずねる。

「運に見はなされたということ。その場合、もっとも近い星系に到達するまで、数百年かかってしまうかもしれない。近くにべつのブラックホールがあり、あらためて銀河間の広大な空間をこえられればべつだが」

「すべてはただの理論にすぎない」コシャムが不満そうにいう。

「あなたのいうコミュニケーションと同様だ」トルーランプが応じる。

「すくなくとも、ブラックホールを使った空間ジャンプ理論が正しいか否かは、すぐに判明する」カメラームがいいそえた。「星々のなかでほかの知性体に出会えるかどうかも」

「どうなるのか、わくわくする」コシャムがいった。

「なにが？」船長がたずねる。

「時間が静止したらどうなるのか、想像もできません」

コミュニケーション技術者は答え、司令スタンドの機器を見つめた。機器の表示は、宇宙船がなお加速しつづけているのをしめしている。

「あなたが船の操縦を制御しつづけられるといいのですが、船長」コシャムは嘆息した。

「制御できなくなったら、われわれ、おしまいです」

＊

「これ以上は無理だ」イホ・トロトがいった。「どこも宇宙ハンザの船だらけだ」

ハルト船は、二百の太陽の星と銀河系のあいだの空虚空間にいた。船内にはイホ・トロトと、通商惑星ジャルヴィス＝ジャルヴの下級役人ブルーク・トーセンのみ。

このたがいに異なる生物たちには、ひとつ共通点があった。両名とも、おのれの意志に反して、超越知性体セト＝アポフィスの工作員になったのだ。ふたりがそれに気づいたのは、未知の力によって、しばらく自分をコントロールできなくなったのちのことだったが。それ以降、とりわけブルーク・トーセンの苦悩がはじまった。トーセンはハルト人の突出した力を恐れている。イホ・トロトが軽率に動けば、重傷を負うか命を落とすかもしれないからだ。

いま、ハルト人とその宇宙船は、捜索船団の探知ビームから逃れるため、アンドロメダの方向にある空虚空間にひきこもっている。

ブルーク・トーセンはまた自由になったと感じていた。セト＝アポフィスには目下、かれとイホ・トロトに課す重要な任務がないようだった。

トーセンのどこかに、〝デポ〟へ飛行すべきという思考が浮かんだ。しかし、急を要するものとは思えない。あるいは、〝デポ〟はいま、宇宙ハンザ船団の管轄下の宙域にあるのだろうか？

トーセンは不快感に満ちた視線で、操縦席にすわる黒い肌の巨漢を見つめた。

ハルト人の心のなかに、なにが去来しているのだろう？　いまは、どう感じているのか？　自由なのか、あるいは相《あ》いかわらずセト＝アポフィスに支配されているのだろうか？　このときハルト人が右手をあげたのを見て、ジャルヴィス＝ジャルヴからきた男は背筋が寒くなった。謎に満ちた手袋をしている。あれはセト＝アポフィスの道具だと確信していた。

この黒い物体が飛んできて、ハルト人の手にはまったときの記憶は、鮮明すぎるほど。ちょうどふたりがセト＝アポフィスから逃げられると思った、そのときだった。けっして逃れられないのだ、と、トーセンは絶望した。ともかく、この方法では。この船にいるかぎり、自由ではない。

宇宙船のエンジンが作動しなくなったら、イホ・トロトがどう行動するか考えた。そのときは救援を呼ぶ必要があるのでは？

ほかに選択肢はないだろう。自分たちは星々のないこの空間で救いもなく、セト＝アポフィスにとってなんの価値もなくなる。だれかと通信を試みなくてはならない。ハルト人みずからこの船に損傷をくわえたこともあった。《バジス》にもぐりこむ理由をつくるためだ。緊急に、必要な修理をしなければならないといって。

ジャルヴィス＝ジャルヴにいたころ、トーセンは何度もハルト船を操作したことがある。輸入管理官として、密輸品にはきわめて鼻がきいたため、人々から一目おかれていた。宇宙船設備の技術面はほとんどわからないが、船の内部にどういう空間があるかはとくに熟知しており、適したかくれ場も知っている。

最後にハルト船をくまなく調べたときのことを思いだした。エンジンと司令室を結ぶ連絡装置として重要な機能を有する機器だという、ポジトロン制御の一スイッチボックスを偶然に発見したのだった。

トーセンがそのボックスを開いたとき、ハルト人船長はかなりあわてたもの。輸入管理官が船全体を機能不全にするのではないかと恐れたようだった。きっと、この宇宙船にも、同じようなボックスがあるはず。

ブルーク・トーセンは司令室を出た。そのさいもイホ・トロトから目をはなさない。ハッチが背後で閉まると、安堵の息をついて壁にもたれた。

左腕と心臓のあたりが痛む。

もはや長くは耐えられない。実際、たえることのない重圧のなか、とっくに死んでいないのは奇蹟だ。

ハルト人にはおびえたようすはなかった。ふたつの人格が体内で戦っている時期は過ぎさったようだ。むやみやたらに暴《あば》れることは、もうなくなった。セト=アポフィスに抵抗するのをやめたように見える。

トーセンは薄くなった頭を両手でなでた。爆弾による攻撃をイホ・トロトにしかけてからすでに数日がたつが、それを思うとあらためてからだが震える。何度も、噴きあがる炎が自分に向かってくるのが見えるような気がした。皮膚に熱を感じさえした。

自分にはあんな生物は殺せない。あらためて試みても、イホ・トロトに逆に攻撃されるだろう。

できるだけハルト人から距離をとるようにつとめている。可能なら船内のどこかにかくれたいが、いつまでもかくれ場にいられないのは自明だった。虚無からの逃れられない命令によって、遅かれ早かれひきずりだされる。

しかし、船を制御不能にしてしまえば、話はべつだ。

そうなればテラナーと接触できる。こんどばかりは黙っていない。知っていることを打ち明けるのだ。〝デポ〟に到達すれば、決定的な破滅を迎えることになる。精神が自由なあいだは、〝デポ〟に対する内なる抵抗心がますますふくらんでくるのだが、超越知性体に支配されれば、意志のない奴隷になりはててしまう。

時間をうまく利用しなくては。反重力シャフトで下降しながら、それを頭にたたきこんだ。すでに長く待ちすぎた。

いま、自分は瀬戸際《せとぎわ》にいるのだと感じた。ハルト人がセト＝アポフィスに強制され、銀河間空間にさらに深くはいりこんだなら、どうやって帰郷できるというのか。

《バジス》内にのこるため、全力をつくさなかった自分を責める。

チャンスをふいにした。

ひょっとすると、いまが、精神的な束縛をはらいのけるための、まさに最後のチャンスかもしれない。

トーセンは司令室の四階層下でシャフトを出ると、周囲を見まわした。到達した通廊は、格納庫に通じていた。わきにいくつもあるハッチの奥には、装備や科学的用品をそろえたキャビンがある。ハルト船には、乗員にとって重要な、ありとあらゆる備品が搭載されていた。数年先まで備品を補充しなくても、銀河を放浪できる。

しかし、それが通用するのはイホ・トロトだけ。

ブルーク・トーセンの場合は話がべつだ。生きるのに多くを必要とはしないが、わずかな基本物資さえ船内にはそろっていない。かろうじて食糧があるだけだ。

ハッチのひとつを開けてなかをのぞくと、多くの機械があった。予想に違わず、ハルト文字がならんでいて、解読できない。トーセンはいまも焼《や》け焦《こ》げた服を着たままだった。ハルト人を爆弾で攻撃したさい、損傷をうけたのだ。それなのに、新しいコンビネーションをまだ入手していない。

機械をためしてみる誘惑に逆らえなかった。キイのひとつを押すと、用心してうしろにさがった。うなるような音をたてる機械がどんな変化を見せるか、緊張して待ちかえる。数秒後、グリーンの戦闘服がスリットからすべりでてきた。

トーセンは失望して床にしゃがみこんだ。

こんなサイズの戦闘服でなにができるというのだ？

切って調整することもできない。トーセンは怒って立ちあがり、機械に蹴りをくらわせた。

ほかの機械でもためし、何度かの実験をへて、機械のひとつはプログラミングが可能だとわかった。十回ほど失敗して大きすぎる服を出したのち、ようやく自分にあう、軽くて身につけやすいコンビネーションの製作に成功した。

そうしたら、空腹を感じた。ポジトロン制御スイッチボックスにとりくむ前に、まずこの問題を解決することに決めた。二、三のハッチを過ぎたところに、船内食堂で見るようなものとは違う自動供給装置を発見した。いくつかのキイを押して待つ。肉をあぶるにおいが鼻孔をくすぐり、口に唾《つば》がわいた。

このにおいにイホ・トロトがひきつけられないといいが。気がつくと、不快な緊張が解けていた。トロトに見つかったら、すべてを食べられてしまい、自分にはなにものこらないだろう。

しかし、焼き肉が出てくると、上機嫌も一瞬で消えさった。肉は石のようにかたく、焦げていた。

ナイフで切りわけようとしたが、無理だ。ハルト人の歯でなければ、十キログラムはあろうかという肉の塊りはかみつぶせないだろう。

トーセンは怒って肉を廃棄シャフトに投げすてた。

食欲が失せ、宇宙船の航行を阻止したいという思いがよみがえった。キャビンを出て、ハルト船の製造者が、機械の説明にインターコスモを使う必要があると思いつかなかった事実を呪う。

すこしして、たくさんのクランプで保護されたスイッチボックスにたどりついた。かたくて素手では解除できない。

近くのキャビンを一時間ほど探し、とりはずしに使えそうな工具を見つけた。軽いので持ち運びもできる。それを持って、スイッチボックスにもどり、作業をはじめた。

まもなく派手な音をたてて、ひとつめのクランプがはじけとんだ。

トーセンは内心ぎょっとして、耳をすました。これほどの音がするとは想定していなかった。イホ・トロトは聞きつけただろうか？　こちらを監視するため、インターカムのスイッチをいれていただろうか？

おちつかない気分で、トーセンは、そばのインターカムのカメラをのぞいた。監視されているかどうかわかるなら、どんなことをしてもいい。

ハルト人が突然あらわれて殴りかかってくるかもしれないと思うと、気分が悪くなった。一瞬、イホ・トロトが迫りくる猛々《たけだけ》しい足音が聞こえた気がした。しかし、すぐにそれは、自身のはげしく打つ心臓の鼓動の聞き違いだとわかった。

臆病者め！　自身を叱咤《しった》する。エンジンが作動しなければ、もちろんハルト人は反応し、暴れるだろう。そうなったら身をかくし、ハルト人が冷静になるまで待たなくてはならない。

最後のクランプをとりはずし、スイッチボックスの保護カバーをとりのけた。ポジトロニクスが姿をあらわす。急いでチップを数枚ひきぬくと、鋼の棒をとって頭上まで振りあげ、高感度機器を打ち砕こうとした。

しかし、棒を振りおろすことはできなかった。なにかがひっかかっている。ぎょっとして、トーセンは棒を落とした。振りかえると、黒い手袋が棒からはなれるのが見えた。

棒は床で甲高《かんだか》い音をたてる。トーセンは青ざめて、あとずさった。

巨大な黒いクモのように大きな黒い手袋が床にある。指は脅すようにこちらに向けられていた。トーセンの頸にかかり、絞殺せんばかりだ。

トーセンはうしろを向き、悲鳴をあげて通廊を走って逃げた。手袋が頸筋にかかった気がして、何度も振りかえる。しかし、超越知性体の謎に満ちた道具は追ってこなかった。なにも起こらなかったように、床から動かない。それでもトーセンは走りつづけ、下降する反重力シャフトに跳びこんだ。自分がはいった出入口から目をはなさず、おりていく。

これから一秒たりとも心安らぐことはないだろう。抵抗の失敗が決定的となった。攻撃するために力を奮いおこすことは、もはやないだろう。
こんどためしたら、手袋に殺される。トーセンはそう強く感じていた。

# 2

恒星タウセンシエが、スクリーンから消えた。

トルーランプ、コシャム、カメラームはまだ前方に注目していた。そこを見ても、なにも見えなかったのだが。眼前には、ブラックホールの絶対的な闇が横たわっている。すべてを滅ぼす渦巻きの、想像をこえたエネルギーを利用して、三名は無限の空間を突破しようとしているのだ。

カメラームが学問的な好奇心に満たされ、みずからの生命もかえりみることなく冷静でいる一方、コミュニケーション技術者のコシャムと船長のトルーランプはしだいにおちつきを失っていた。両名とも、二度と帰還することはできないとわかっていたから。

機器は、宇宙船が時速六十万キロメートル以上の速度で疾駆していると、しめしていた。すでに、これまでセレスプラマーの宇宙船が出したなかでは最高速度だ。

死にゆく惑星にのこされたほかのセレスプラマー人たちとは、すでに時の流れに明らかな差異が生じている。

トルーランプは、体内にかかえる三千の受精卵細胞のことを考えていた。あらたな生命を、未来ある世界へ運ぶことができるだろうか？

「せめてなにか見ることができれば」コシャムが不平をいった。「虚無のなかに飛びこんでいくのは不快です。間違ったコースを進んでいるかもしれないし、ブラックホールの、鋼の壁よりもかたい部分に衝突するかもしれない」

「おちつくのだ」と、船長。「このブラックホールには、われわれの恒星の十倍の質量があると、計算でわかっている。そうだな、カメラーム？」

「そのとおりです」宇宙物理学者が答えた。「ブラックホールの直径は、ほぼ百八十五キロメートルで、毎秒千回の速度で自転しています」

「おそろしい」コシャムはうめいた。「それがわかったからといって、わたしの不安が解消すると思うか？」

「それほどひどいものではない」物理学者がうけながす。

「わたしには、充分ひどい。自転するブラックホールのなかにはいり、その速度にあわせようとしていると想像するだけで、気分が悪くなる」

「くりかえすが、それほどひどくはない」カメラームがいった。「われわれ、すでに時速六十万キロメートルで進んでいる。六十五万キロメートルに到達しなくてはならないが、静止軌道にはいるにはそれで充分だ。その後は、軌道上をめぐりながらも、ブラックホールの一定の位置にいることになる」

「うまくいくといいが」コシャムがうめいた。「いずれにせよ、コミュニケーション技術のほうがずっとかんたんだ」

カメラームはくくっと音をたてて笑った。

つづいて腕のはさみを鳴らして説明した。

「ここからが、おもしろいところだ。われわれの科学的な計算が正確だったか、確認できる。計算が間違っていなければ、ブラックホールが高速自転しているせいで、その縁にある物質はセレスプラマーの空気よりも薄くなっている。われわれが軌道ポジションに到達したら、通りぬけなくてはならない入口の場所を機器がしめすのだが、そこは空間がひどくゆがんでいるため、距離は無意味になる。ブラックホールの内側にある事象の地平線と、われわれがふたたび通常空間へもどるポジションとのあいだにある空間は、いわゆる〝外観上の物理学の危機〟が生じる場だ。ここでは距離という概念が意味を失うので、われわれにとっては通常の時間内で数光年も移動でき、星々のあいだの深淵をこえられる。ブラックホールを近くで発見できたこと、時空を操る方法を編みだしていたことを、われわれはよろこばなくては」

「半時間後に、まだ命があったらね」と、コシャム。

「半時間?」カメラームがまた笑った。「結果は数分後にはわかる」

司令室はしずかになった。決断の時が目前に迫り、三名の女セレスプラマー人は、息を殺した。

宇宙船のめざす最終速度への到達が近づいたこと、ブラックホールの自転軌道にはいったことを、機器がしめす。まだ最終ポジションまで数千キロメートルの距離があったが、らせんの円をせばめながら突進していった。

船長は船の多様な操縦機器を操作するため、いくつもの疑似足を形成する。

コシャムは耳をすました。

宇宙船の支柱が音をたてているような気がする。膨大なエネルギーの影響をうけて、崩壊寸前なのか？

自身は、圧倒的な力でからだをひきさくような強大な重力はまったく感じなかった。引力と遠心力が強まっていくが、かんたんな反重力調整装置が、船内重力が一定になるように管理している。

クロノメーターを見つめた。

数分が緩慢に経過していく。

時がとまったのに、われわれはそれに気づいていないのだ、と、コシャムは思った。自分があとにしてきた惑星に思いをはせる。そこでは時間がこの船内よりも早く過ぎさるのだろう。セレスプラマーはもはや存在しないかもしれない。宇宙からの猛烈な隕石に打ち砕かれ、惑星の外殻はすでにひきさかれてしまっただろうか？

あるいは、その恐ろしい現象が目前に迫った状況だろうか？

答えは出ず、この危機的な瞬間に、宇宙物理学者にたずねる勇気もなかった。時間収縮効果について、正確に教えてくれるだろうが。

トルーランプは嘆息し、

「到達した」と、機器をさしめした。「われわれ、いまブラックホールの静止軌道にいる。計算は正しかった。渦巻きにひきさかれることはないだろう」

「まだなにも見えません」コシャムが指摘する。

「これからだってなにも見えない」と、カメラーム。「ブラックホールは光を反射しないから。観察できれば、いくつか証明できるだろうが」

船長は機器を一部、調整した。突然、スクリーンに長方形があらわれた。ブラックホールの縁の細いゾーンにある、船がもぐりこむべきポジションをしめしている。

「これだ」と、カメラーム。「実験の最終段階がはじまる。この開口部の高さは、ほぼ五百八十メートルのはず。われわれの小型船には充分すぎるほどだ。ここを突破する」

「ほかに選択肢はない」船長はいい、必要な操作を実行した。船はゆっくり開口部に接近していく。

コシャムは、緊張感に耐えられなかった。急いで鏡に向かう。船の船尾が見られるといいと願ったのだ。しかし、のぞきこんで、暗闇しか見えないとわかり、失望した。からだがすくむ。

いまにも恐ろしい衝撃をうけて、船が破壊されるのではないか、という恐怖にさいなまれる。不安で自制できなくなり、肉体構成物質の一部が、樹木状の外殻から床に流れでた。目が濁り、なにもわからなくなり、聴覚さえ鈍ってきた。

「だれかにいつか報告できたらいいのだが」トルーランプがつぶやく。

「きっとできます」カメラームがこわばった声で答えた。興奮しているため、からだをつつむ甲殻類の殻が音をたてつづけている。

「そう願おう」

船は震動し、突然、エンジンの動きが不規則になった。

「どうしたのでしょう？」カメラームがきく。「なにかおかしい」

「通風口が閉まったのだ」船長が興奮して説明する。「すぐにまた作動した」

船は、計算上でしか存在を証明できなかった開口部に突入した。その瞬間、船内のだれも、スクリーンにしめされた場所に自分たちが本当にいるのかどうか、わからなくなった。

突然、船内の光景がゆがんだようだった。空間が拡大して見える。三名の声が甲高く響いた。コシャムは泣き言をいいながら、自分の無定形のからだの制御を失わないように格闘した。

はげしい震動が船をはしった。

「ついにきました」カメラームがささやいた。「時間がとまったのです。逆方向に流れている可能性さえある」

まだなおスクリーンは暗い。

速度計の表示では、船の速度は落ちている。

「あそこを」と、カメラーム。「わかりませんか？　星々が見えます」

スクリーンに、かすかな光があらわれた。

トルーランプは前に乗りだし、輝度を調整したが、星々は明るくならなかった。

「どうなったのでしょう？」コシャムが小声でいう。這うように鏡に向かって、のぞきこむが、こちらにもほとんど認識不能な、かすかな光がうつるだけだった。

「やってのけた」しばらくして失望からたちなおると、カメラームがいった。「ブラックホールを通過しました。想像を絶する距離をこえたのです。光よりもずっと速く進んで。しかし、成功とはいえません。銀河間の空虚空間に出てしまいました。船が銀河のどこか外縁部に到達するまでに、われわれ、寿命を迎えるでしょう」

ほかの女二名はしばらく黙ってスクリーンを見つめ、カメラームの言葉に疑いの余地がないとわかった。

「遠征は失敗だ」トルーランプがとうとういった。「なんという運命の皮肉か。種族にとっては理論にすぎなかった、もっとも偉大な科学的行為を遂行したというのに、それでは充分ではなかった。われわれ、失敗したのだ」

「どう思う？」コシャムは宇宙物理学者にたずねた。「銀河外縁部まで、どれだけはなれているのだ？」

「計算はむずかしいが、すくなくとも三十九万光年はあるかと」と、カメラーム。「いや、それよりもはなれている。わたしが不死だったとしても、この船でその距離を航行しおわるまで生きていたくはない」

「すると、われわれの生命に終止符を打ったほうがいいということか」コシャムがきいた。「もうすこし時間がほしい。すべてがむだだったなどとは、まだ納得できない」

「わたしにとっては、すべて終わった」カメラームは威厳をもっていった。「あなたたちに感謝する。あなたたちも、すぐにわたしを追うことになるだろう。わたしにはわかる。慈悲深き宇宙が、われわれを迎えてくれる。思ってもみないことだったが、宇宙はわれわれの種族が滅ぶことを望んだのだ。われわれは、その意志をうけいれなくては」

カメラームは司令室を出るため、ハッチに向かった。

トルーランプとコシャムはとめなかった。ひとりになって生命に終止符を打つ権利が、彼女にはあるのだから。

*

とどろくような足音が迫ってきた。

ブルーク・トーセンは足もとの床が震えるのを感じて、ぎょっとした。巨人がやってくる。殺されるのだ。はじめて諦念が浮かんだ。

イホ・トロトに殺されて、すべて終わったほうがいいのではないだろうか？　これ以上、苦しんでなんになる？　なぜ不安をかかえながら生きるのだ？

キャビンのいちばん奥までさがった。手袋から逃げだしたあと、かくれた場所だ。暗闇につつまれ、死について考えながら、ハルト人が気づかず通りすぎるのではないかという希望もいだいていた。

しかし、ハッチは開いた。明るい光が顔にあたり、目がくらむ。イホ・トロトの巨体が、眼前にあらわれた。

トーセンは悲鳴をあげた。

ハルト人が四つの手すべてをのばしてきて、

「ちびさん」と、ささやいた。感傷的な声だ。「いったい、どうした？」

トーセンは不安に襲われ、自分をつかもうとする手をたたいて大声でわめいた。

「さがれ。はなしてくれ」

「恐がらなくていい、ちびさん」イホ・トロトはできるだけやさしく話そうとしている。実際の声は脅すような大音声《だいおんじょう》のままだったが。

「行け、もう、どこかに行ってくれ！」トーセンは叫ぶ。

巨漢は困惑してうしろにさがった。三つの赤い目に奇妙な光が宿っている。

「わかった」と、イホ・トロト。「なにかやらかして、わたしが罰しにきたと思っているのだな。だが、違うのだ。きみがなにをしたのであろうと、わたしにはどうでもいい。わたしは自由になった。ともかく、この瞬間は。わたしときみの利害は一致している。手袋だって、ここにはないぞ」

トロトは両手を出し、自分が超越知性体の謎に満ちた武器をつけていないのが、ブルーク・トーセンにわかるようにした。

トーセンはうめきながら床にくずおれた。顔の前で手をたたき、いまにも泣きわめかんばかりに肩を震わせている。

「もう無理だ」かつての輸入管理官はすすり泣いた。「わたしは終わりだ」

「立つんだ、ちびさん。ここにいてはだめだ。司令室に行かなくては」

「そのあと、どこかすみに押しこんで、肋骨を一本のこらず折るつもりだな」トーセンが非難する。

「わたしがそんなことをしたか？」

トーセンは答えなかった。疲れたように立ちあがり、巨漢のわきを通りすぎながら、思わずからだを低くする。げんこつをくらうのを恐れるように。

イホ・トロトの前を歩き、司令室へ急ぐ。一歩進むごとに考えた。セト＝アポフィスが、ふたりのうちどちらか、あるいは両方に対する支配力をとりもどし、自由な思考が終わりを迎えるのはいつだろう、と。

自由な時間は、きっと長くはない。なにかできるかもしれないと思うと、とたんにまた攻撃される。あきらめよう。なにをしてもむだだ。

司令室につくと、異常にしずかなことに気づいた。ずっと響いていた通信機や探知機の音がまったくしない。

「なにか食べるか？」イホ・トロトが心配そうにたずねた。

「腹ぺこで、死にそうだ」

ハルト人は足音をとどろかせて動きはじめ、トーセンはシートのクッションに身を沈めた。陰鬱な思いにつつまれる。しかし、イホ・トロトがまもなく、香りのいい肉やうまそうな野菜ののった大きな皿を持ってもどってくると、そんな思いは消え失せた。トロトはポジトロニクスのスイッチを知りつくしており、トーセンに必要な食物を自動供給装置から容易に出すことができた。

トーセンがむさぼるように食べはじめると、ハルト人は船長のシートに腰かけた。すぐに司令室はいつもの音につつまれた。スクリーンに宇宙ハンザの巨大船が一隻、浮かびあがる。

驚いたトーセンは、むせそうになった。二百の太陽の星と銀河系のあいだの空虚空間で発見されるとは、思いもしなかった。

この瞬間、未知の力がトーセンとイホ・トロトに舞いおりた。ふたりとも精神的自由を失い、ふたたびセト＝アポフィスの奴隷となった。スクリーンにテラナーの船長の顔があらわれるあいだに、ハルト人は宇宙船の兵器システムと防御バリアのスイッチをすばやく作動させた。

「ここまでだ、イホ・トロト」スクリーンのテラナーはいった。生き生きした黒い目をした黒髪の男だ。「さらなる部隊がここへ向かっている。バリアを解除してくれ。われわれの特務コマンドがそちらへ移乗する」

ハルト人は笑い声を響かせた。コンソールの上にのったブルーク・トーセンの皿が踊るほどの声だった。トーセンは思わず皿を押さえた。

「失せろ」イホ・トロトが答える。「砲火を浴びせ、特務コマンドに対するわたしの思いを見せつけてやるぞ」

いくつかの探知スクリーンに、接近してくる物体がはっきりうつった。

トーセンはこのとき、自分の人格の一部をとりもどしていた。超越知性体にとって、トーセンを支配するのはどうでもいいらしい。トーセンは希望を感じはじめた。テラの船団は自分たちをせまい場所へ追いこんで包囲し、逃亡できないようにするだろう、という考えが頭をよぎる。われわれは連れだされ、この不気味な騒ぎもようやく終わりだ。

イホ・トロトも、もはや逃げられないとわかったようで、通信機のスイッチを切った。

「八方ふさがりだ」と、トロトはいった。「《バジス》にいたときからだが、この船はどこかおかしい」

トーセンは、ハルト人が故意に宇宙船に損傷をあたえ、《バジス》の格納庫に収容される口実をつくったことをおぼえていた。《バジス》で修理してもらうようにしたのだ。ハルト人は実際は修理などどうでもよく、《バジス》を支配下におき、〝デポ〟へ行こうともくろんでいたのだが。

〝デポ〟！　そのことを考えると、トーセンは気分が高揚してきた。いい気味だという思いと、諦念も混ざっている。われわれ、けっしてそこに到達できない。思い違いをしたな、セト＝アポフィス。《バジス》を征服することはできなかった。《バジス》があれば〝デポ〟に行けただろうが、この船では無理だ。おんぼろではないが、調子はよくない。もう終わりだ。

イホ・トロトも同じ点に気づいたようだった。トロトだけでなく、トロトを通じて、はるか彼方の超越知性体も。

トロトが通信機のスイッチをいれると、テラナーの船長の顔がまたスクリーンにあらわれた。

「われわれは待つ」と、テラナー。「バリアを解除せよ。特務コマンドが乗船する」

イホ・トロトは眼前の操作卓を見つめた。一面に赤いランプが光っている。それぞれが船内システムの欠陥個所をしめしているのだ。

この状況に直面して、抵抗を試みても意味があるだろうか？

「あきらめろ」トーセンはハルト人にいった。「もう、あきらめるんだ。終わりだ。〝デポ〟にはたどりつけない。この船のエンジンでは無理だとわからないのか？」

ハルト人は振りかえり、貫くような視線を向けてきた。トーセンは哀願するようにつづけた。

「わかるだろう。この船では不可能だ。《バジス》を使わなければ、無理だ」

# 3

コシャムは船内を急いでいた。樹皮をかなぐりすて、本来の無定形の姿で進んでいる。そのほうが速いから。肉体構成物質から長い組織繊維をくりだして床に吸いつき、からだの大部分をひきさいた。からだは縮んで球状になり、速度をあげて、船内の通廊をころがっていく。テラの短距離走者でも追いつけないスピードだ。

通廊はせまく、人間の成人ならかがまないと進めないような場所だったが、コシャムはその場の状況にあわせて姿を変えた。球になったかと思えば、垂直に立つ薄い円盤状になってころがり、また無数の疑似足で走り、階段やシャフトをすべりおちていった。

こうして数秒後、主エアロックに到着した。

内側ハッチがすでに閉まっているのを見て、ぎょっとする。

「カメラーム！」ためらいながらも大声で呼んだが、自分の声がハッチの向こうには聞こえないことに気づいた。急いでからだで棍棒をかたちづくり、鋼のドアを力強くたたいた。

数秒が流れる。すでに宇宙物理学者が外側ハッチを開いて死へ向かったのかどうか、不明だ。ようやくハッチが横にスライドして開いた。

カメラームのからだには、セレスプラマーの海を探したさいに発見した外骨格の一部がまだ付着している。かつてのウニの殻から、目がひとつ、つきだした。

「どうした？」科学者は怒ってたずねた。「なぜ、じゃまをする？　わたしには自分の望みどおり、死ぬ権利がある」

「もちろん」コミュニケーション技術者はつかえながら答えた。「だが、死ぬ必要はない。われわれ、勘違いしていた」

カメラームは腹をたてて腕を振った。

「勘違いしていたとは？　ブラックホールを通過しなかったということか？」

「当然、通過はした。あなただっていっしょに体験しただろう。実際、銀河間空虚空間に出現できたのだ。トルーランプ船長の見積もりでは、ある銀河はここから三十九万千四百光年の距離にあり、またべつの銀河はすくなくとも百四十三万五千光年だと」

カメラームはうめき声をあげた。

「そのとおりだ。なのに、勘違いしていたというのか？　われわれの宇宙船が最高速度で進んだ場合、こなせる距離は、いちばんよくて一年に〇・四九光年だ。つまり、われわれは、もっとも近い銀河の外縁部に到達するのに……ちょっと計算させてほしい……

八十万年も旅をつづけなくてはならない。そんなに長く生きていたくはない。あなたは生きていたいのか？」

「からかったつもりではないから、皮肉はやめてほしい。わたしはまじめだ。われわれ、本当に勘違いしていた。この空間は、まったく空虚というわけではなかったのだ。たったいま、巨大な建造物を発見した。トルーランプ船長は、数時間で到達できると考えている。そこへ行く気があるならば」

急にカメラームの態度が変化した。生気をとりもどし、急いでエアロック・ハッチを閉める。空虚空間に吸いこまれるのを恐れたかのように。

「どうして、それを早くいわない？」と、怒る。「なぜいつも、どうでもいいことを長々と話すのだ？」

「いつか機会があったら、あなたが肌につけている狩りの戦利品をすべてひきはがしてやる」コシャムは憤慨した。「わたしはあなたのみじめな生命を救ったというのに、あなたは悪口をいうだけ。さ、いっしょにきなさい。でなければ、この手であなたを慈悲深き宇宙へ送りだし、トルーランプ船長には、まにあわなかったと報告する」

「いかにも、あなたらしい」カメラームは息をはずませた。「それはすべて、自分の卵に永遠の命をあたえたいがためだけ」

コシャムは誇らしげにからだを起こした。

「わたしはコミュニケーション技術者で、情報総合学者でもあるから、そのような侮辱をうけても癇癪《かんしゃく》など起こさない。さ、きなさい。発見した物体を見て。われわれに救いを約束してくれるものだ」

カメラームはコシャムにしたがった。

「あなたは情報総合学者でもあるのか？　いつから？」とたずねる。

「はじめから」

「情報総合学者とは？」

「あとで説明する」コシャムはいらだちながら答えた。「まずは、公共のメディアから発せられる情報の流れに関わる者ということがわかっていれば、充分だ。われわれの知識は広範囲にわたりすぎて、全知識を把握し概観できる者は、もはやセレスプラマーにはいなくなった。だれもが自分の専門しか知らない。そのため、個々の専門家が発する情報はすべて、不正確だったり一部が間違っていたりする。情報総合学者の課題は、こうした間違いを可能なかぎり避けること」

「今回もあなたが責務をはたしたのだといいが」カメラームはうめきながら、斜路を這いあがっていった。「もし嘘をついていたなら、殺すからね」

女二名は司令室の入口に到着した。

「そうなったら、わたしの行動をだれかに伝えられる者は、トルーランプ船長以外にいなくなる」カメラームは皮肉をこめてつけくわえた。「どっちみち船長は、あなたにがまんならないと思っているから、きっと沈黙を守るだろう」

コシャムはくくっと音をたてて、おもしろそうに答えた。

「そんな挑発はむだというもの。あと数秒で、あなたはその殻を振るいおとすことになる。賭けてもいい」

カメラームも笑った。自分が装飾のために身につけている美しいものをはがすなど、考えられないと思いながら、司令室にはいった。

船長は、すでに船の向きを変えていた。尾部で強く減速している。船首の光学機器は、銀河間空間を浮遊する巨大な建造物に向けられていた。そこを照らす遠くの星々の光は弱く、技術的なしかけを用いないと視認できない。

宇宙物理学者は、唖然としてシートに身を沈めた。いまの瞬間まで、コシャムの言葉を疑っていたのだ。はてしなくひろがる空虚空間に、興味をおぼえるようなものが本当にあるとは、想像もできなかった。

しかし、いまは実際に物体を確認している。それが知性体によって建設されたことも見てとれた。

「どういうこと？」と、カメラームは圧倒されて、「どうしてこんなことが可能なのでしょう？　何者かの手でつくられたものですが、この銀河間空間の見すてられた場所に生命などあるはずがない。知性体などいないはず。近くに恒星はまったくありません。どこからこの物体はあらわれたのでしょう?」

「まったく説明がつかない」トルーランプが答える。「わかるのは、ブラックホールを使わないと超光速航行は不可能ということだけ。それは、みずからの体験をもって証明できる。しかし、あの物体はあまりに大きい。ブラックホールを通過するのは無理だ」

「たしかに」と、カメラーム。「さしわたしが、ゆうに七十キロメートルをこえている。そのような物体の出入口になるブラックホールは、銀河の中枢部にさえないでしょう。それ自体の重みでつぶれてしまいます」

「では、のこる答えはひとつ」と、コシャム。「あの物体は何百万年もかけて漂流してきたのです。どこかの銀河を出てから、永遠の旅をつづけている」

「あのなかに生物はいるだろうか?」船長がたずねる。

「着陸したら確認できるでしょう」カメラームが答えた。「着陸するつもりならば、ということですが」

「もちろん着陸する」トルーランプがいう。「三つの円形プラットフォームがあって、着陸床のように見える。全体的に、宇宙船が離発着できるステーションのようだ。船が待機したり補給したりする、銀河間基地のようなものかも」

「どうかしています」コシャムがいった。「宇宙駅ということですか?」

でも、そう見えるのだ」

「そうだ」船長が答えた。「たしかに、どうかしていると思われるかもしれない。それ

*

「どこに逃げるつもりだ？」ブルーク・トーセンが叫んだ。「それに、どうやって？この船は使わずに？」

イホ・トロトは低くうめいた。唇から脅すような音がもれる。

「しずかにしろ。われわれ、まだしばらくがんばるぞ」

そういってこぶしを振りあげたので、トーセンはあわててよけた。しかし、まだあきらめてはいない。かれはハルト人が宇宙ハンザの追跡に降伏することを願っていた。そうすれば、予想外なことの起きない未来が待つ、かつての生活にもどれるはずだ。

「イホ・トロト、あなたは人類の友だということを忘れたのか？」ハンザ船の船長がスクリーンからたずねた。「すでに、そうしたふるまいではないが」

ハルト人はゆっくり振りかえり、その目をスクリーンに向けた。なにかいいたいようだったが、開いた口から言葉は出なかった。

ハルト人とトーセンは、スクリーン上で、二度と起こらないような光景がくりひろげられるのを見ていた。

相手船の船長の前に、虚無からあらわれるように黒手袋が出現したのだ。司令室要員たちは唖然としている。セト＝アポフィスの道具について知る者は、明らかにいなかったらしい。

だれも行動できないうちに、グリーンと白のエネルギー・ビームが手袋の指先からはなたれ、ポジトロニクスの操作卓に穴をうがった。轟音《ごうおん》とともに、青と黄色の閃光がひろがる。

その後の展開は、超越知性体の工作員二名にはわからなかった。スクリーンが消えたからだ。

イホ・トロトはうしろを向き、黙ったままトーセンを見つめた。しかし、勝利をよろこぶどころか、逆の表情をしていた。ちょうどこの瞬間、超越知性体の呪縛から逃れ、手袋のしたことを、トーセンと同じように敗北としてうけとめていたのだ。

「身を守っても意味はない」イホはいった。「負けたのだ。なにをしても、むだだ。好まざるとも、屈伏するしかない。セト＝アポフィスはわれわれには強大すぎる」

やはり自由になったと感じたトーセンは、ただうなずいただけだった。いまにも泣きだしそうだ。決断がくだされ、その決断は覆《くつがえ》らないのだと感じる。ハルト人と自分がこの破損した宇宙船で、宇宙の深淵のどこかにひそむ〝デポ〟へいかに到達するのか方法は説明できないが、これからの展開を、何物もとめられないとわかった。探知スクリーンに、さらなるハンザ船のリフレックスが光るのに気づいたが、解放への期待はふくらまない。

トロトの指が制御コンソールの上をすべる。

ハルト船は加速した。

ブルーク・トーセンは、疲れてすわりこんだ。

宇宙航行についての知識はまったくないが、それでもスクリーンにうつる映像の意味はわかった。

背後に天の川が光っている。宇宙ハンザの船団は動きをとめたままだ。

前方にひろがるのは、星のない暗闇。果てもないような深淵が口を開けている。百万光年以上先にあるのは、アンドロメダだ。

トーセンは目を閉じて考えた。

どういうことだ？　イホ・トロトは、なぜこのコースをとるのだ？　アンドロメダへの到達など、まったく不可能なのに。

しばらくしてまた目を開けると、赤い警告ランプの数は減ってはいなかった。それでもハルト人は船をさらに加速させている。

黒い手袋が司令室内に飛んできて、イホ・トロトの手にはまった。

「あれがなんであろうと」トルーランプがいった。「われわれにとっては希望。手にいれるのだ」

「しかし、いちばん近い銀河からの距離は、いまなお遠すぎます」コシャムが反論した。「どんなに希望が高まったとしても、問題はまだ解決していません」

女船長は、構造物の詳細までうつすスクリーンをさししめした。

「よく見て。下に放出口が見える。つまり、この巨大な〝宇宙島〟にはエンジンがあるのだ。着陸して、島に侵入し、そこで陣地をかまえよう。もよりの銀河に到着するまでにどれほど時間がかかろうと、もう関係ない。あそこで、われわれの子孫は生存できる」

＊

「必要な生存条件がそろっていれば、の話ですが」と、カメラーム。「つまり、酸素を含有する空気が。さらに食糧も必要で、そのためには決まった炭素化合物と、適当な蛋《たん》白質《ばくしつ》があることが前提となります」

トルーランプは、宇宙船をさらに巨大建造物に接近させながら、いらだって嘆息した。

「わかっている。だが、わたしは楽天主義者だ。この島を建設したのが何者だろうと、きっとあらゆる補充品をそろえているはず」

「たしかにそのとおり」カメラームは、腕のはさみを、シートの背もたれに音をたてて落とした。「われわれには種族の維持という高度に倫理的な義務がある。いちかばちか、勝負に出ましょう。ほかに選択肢がないから。われわれの遠征は、ここでさしあたり終了です」

「で、あれが何者かに占領されていたら？」コシャムがたずねる。

「その場合はまず、その生物と意思疎通をはかる」船長がいった。「当然のこと。べつの星間種族と交流できるとは、なんとすばらしいことか。そのために、コミュニケーションョン技術者のあなたがいるのだ」

「もし、われわれとその生物たちと、意見があわなかったら？」

「そうなったら、戦う」しばらく考えたのち、トルーランプはきっぱり答えた。「われわれの種族の存続に関わる問題だから。最後の希望なのだ。ここで種族の維持に成功できなければ、チャンスをむだにすることになる。方法はふたつしかない。あの宇宙島に棲息しているかもしれない生物と平和的に共存するか、生死をかけて戦うか。戦いでは、われわれが勝利をおさめるだろう」

女三名は黙った。宇宙船は、銀河のはざまの空虚空間で、意味もなく浮かぶように見える奇妙な建造物に接近していく。

それは、三つの円盤形物体で構成され、円盤のあいだに巨大なタワーが軸をなしてのびていた。

カメラームは、スクリーン上で鮮明になった建造物のサイズを読みあげた。いずれの円盤も直径三十五キロメートル、厚さ八キロメートル。まんなかで三円盤をつなぐタワーは高さ四十六キロメートル、直径は六・五キロメートルだ。各円盤の上には直径六キロメートルのドームがのっている。円盤最外縁の円周上にそれぞれ、着陸床が四つに分かれて装備されている。細いように見えるが、トルーランプたちの乗るタイプの船なら、十数隻がならんで着陸できる幅がある。それを基準にすれば、数百隻が着陸できるだろう。

見逃せないのは無数の兵器だ。プロジェクターが内壁からのびている。

異人の宇宙船は見あたらない。

だからといって判断はできない、と、カメラームは考えた。反対側にあるかもしれない。この物体の上下もわからないのだ。宇宙船が待機している巨大な格納庫もあるかもしれない。

この宇宙島が使用できるエネルギー源を充分に持つとしても、ここに何者かがいるのだとしても、それをしめすような光は皆無《かいむ》だ。

「着陸する」トルーランプがいった。「この物体のなかでわれわれが生きられるのか、それを確認したら、卵細胞にふさわしい場所をすぐに探そう。危険な状況にはまりそうになったときのため、できるだけ数を増やさなければ」

女三名は黙った。

トルーランプは船を着陸床のひとつに接近させた。電磁フィールドを使い、船をプラットフォームにマグネット係留させる。

コシャムは、周囲にも聞こえるほど大きく嘆息した。

「ともかく撃たれることはなかったですね。存在するかもしれない要員にも、ロボット設備にも」

「下船しよう」トルーランプが命じて、もはや必要なくなった船の全システムのスイッチを切った。

無言のまま、セレスプラマー人三名は司令室を出た。カメラームは急いでキャビンに行き、からだの飾りを捨ててもどってくる。すぐに宇宙服にからだをすべりこませた。その姿は球状で、腕二本と大股で歩ける脚二本があった。

# 4

宇宙駅ルックアウト・ステーションの内奥部で、指揮官のダリオ・スパウルは一通廊の露出した支柱を跳びこえながら、腕ほどの太さのケーブルを敷設している人類五人とロボット二体のほうに向かった。

指揮官代行のディック・フォローが息をはずませて立ちあがり、両手をズボンでぬぐうと、きいた。

「どうでした？　すべて順調ですか？　あるいは、グレク1が抗議しましたか？」

「抗議はなかった」指揮官は答えた。「向こう側でも準備は同じようにかなり成果をあげている。必要とするだけのエネルギーが入手できるだろう。マークスは本当に協力的だ」

フォローはうなずき、

「では、二カ月後にはここに宇宙ハンザの基地ができるという前提で考えられますね」

と、確認した。ほかの者たちは作業をつづけている。「いずれ宇宙ハンザはアンドロメダまで販路を拡大するということ。ところで、あなたは出資しましたか？」

「わたしが宇宙ハンザの株を持っているかと、きいているのか？」ダリオ・スパウルはほほえんだ。「まだそこまで稼いでいない」

「ご謙遜を」フォローもほほえむ。「わたしは、相場がよかったとき、株券を二枚買ったんです。いまは六十パーセント上昇しましたが、売りはしませんよ。配当金がほしいので」

「そんな話は指揮官にはしないことだな」スパウルは冗談を飛ばした。「嫉妬から冷遇されて、不快な仕事につくことになるぞ」

ディック・フォローは笑った。

スパウルがそんなことをする男ではないと、わかっているから。

薬草ボンボンをさしだすと、指揮官はひとつとった。

「わからないのだが、なぜグレク1は通信・監視ステーションを無人にしておくのだろう」スパウルは考えこむようにいった。「つまり、グレク1のもとにはマークスが百名以上いるが、実際に作業をしているのは、そのうちのごく一部だ。せめてひとりでも、保安のため見張りにつけてもいいものを」

フォローは破顔した。

「大げさですね、ダリオ。ここは二百の太陽の星から十二万五千光年はなれているのですよ。だれがここにやってくると？　マークスの宇宙駅は、われわれの故郷銀河外で非常に遠くにあります。宇宙ハンザ以外のだれも関心をいだきませんよ。ここに宇宙船があらわれるとしたら、その乗員が通信でかならず連絡してくるはずですし」

「だといいが」ダリオ・スパウルが指揮官代行とこの疑問について話すのは、はじめてではなかった。歩哨がいないことに抵抗感がある。

ディックのいうとおりだ、と、いつも自分にいいきかせた。ここには招かれざる客はきっとあらわれない。それでも……自動システムが作動することはあるだろうが。それにはエネルギーがどれだけ必要なのだろうか？　ほとんど必要ない。

「またいろいろ考えているのですね」と、ディック・フォローは大きな音をたててボンボンをなめながら、いった。「テラからどれだけはなれているか、忘れないでください。ここはきわめて安全です」

ダリオ・スパウルは困った顔をした。

「性分は変えられない。つねに病的なまでに保安面を気にしてきたが、これからも同じだ」

フォローは自分のクロノグラフに目をやった。

「わたしはずっと、なぜひどく空腹なのかと考えていたんです。いま、はっきりわかりました。すでに一時になります。ひと休みしますよ」

「食べすぎないように」指揮官はからかった。「きみのあばらには、すでにたくわえが充分あるのだから」

フォローはこぶしをわき腹にあてて、怒ったふりをしてスパウルをにらんだ。

「わたしは、太りすぎてはいませんぞ。ときどき息が切れるのは、体重のせいではありません。マークスが重力を一Gにたもっていないからです。それを制御している、いまいましいグレク1は、カメラでひそかにわたしを監視していて、高重力フィールドのなかを歩きまわらせているのではないかと、疑っているのでして。一度、検定ずみの重力測定機で点検するつもりですよ」

さらに、けっして悪意はこもっていなかったが、マークス、そのなかでもとくにグレク1に対する悪態をつけくわえながら、フォローは支柱から支柱へと跳んで走っていった。

ダリオ・スパウルはその姿をおもしろそうに見送った。

もちろん太りすぎだ、小男。しかも、かなりな！

ディック・フォローも自分の体重が過多なのは自覚していた。しかし、だからといって問題はないし、体調もいい。なによりそれが肝心だ。それに、食べることに情熱を注《そそ》いでいる。ルックアウト・ステーションの建造部隊に志願したのも、クルーシュ・ヘンダーソンというすばらしい料理係がいると聞いたからなのだ。

公式にはヘンダーソンは技術者として配属されたが、自動供給装置が用意する食事の改良におもに従事していた。ルックアウト・ステーションに勤務する百四十人の男女全員が、ヘンダーソンの腕は抜群だと認めていたため、ダリオ・スパウルは、ヘンダーソンのほかの仕事を免除していた。

ディック・フォローは、反重力シャフトで上昇しながら、これからとる食事について考え、胸を高鳴らせていた。

ヘンダーソンが試食と称して軽い食事を持ってきてくれるなら、もしダリオに通信・監視ステーションへ配属されたとしても、がまんできる。歩哨を配置するなど、もちろん完全にばかげているが。

フォローはシャフトを出ると、口笛を吹きながら、テラナーが居住するセクターに通じる通廊を歩いていった。

分岐した通廊で、大きな音に気づいて歩みをとめた。風が煙突に吹きこむような音だ。だれかが自分をからかおうとしているのだ、という思いが頭をよぎった。ここで風が吹くわけがない。

そのまま進もうとしたが、好奇心が勝《まさ》った。空腹で口にはすでに唾がわいていたが、なにがあったのかたしかめたい。

テラナーの居住セクターからはなれる通廊にはいった。記憶では、この先には格納庫があるはず。

五十メートルほど進んだとき、ドアが開いて球がころがりでてきた。直径一メートル半ほどの球で、白く、ゲル状の物質の塊りのようだ。

球の表面から、大人の男の上腿部ほどの太さの柱が一本つきだした。つづいて、信じがたい速さで頭が形成され、啞然とするほど自分に似た顔もつくられた。

「マット・ウィリーか？」フォローはたずねた。「どうしてここへ？」

その生物は、フォローにはわからない言葉で答えた。同時にフォローは、相手が二百の太陽の星のマット・ウィリーとは関係ないと悟った。肉体構成物質の量が多すぎるし、色も違う。

フォローは顎に手をやり、考えこんだ。

通廊をふさぐ生物に、不安は感じなかったが、どうしたらいいかわからなかった。トランスレーターがないかと無意識にベルトを探るが、ルックアウトでは必要ないので携帯していない。フォローも宇宙駅に勤務するほかのテラナーと同じくクラーマク語が話せるし、そうでなくても他者との会話にはインターコスモで充分だから。

ただし、このプラズマ球とは無理だ！

「どうしたものか？　きっとマークスの実験用容器から逃げだしてきたんだな」

球は、くくっという音で答える。

フォローは腕をあげ、もとの部屋にもどるよう手まねでプラズマ生物に伝えようとしたが、球は動こうとしない。

指揮官代行は困って両手をわき腹にあてた。

「きみをここにほうっておくわけにはいかない。もちろん、連れていくのも無理だ。さて、どうする？」

球に歩みより、球が出てきた部屋をドアの隙間ごしにのぞいた。

床に、グリーンのコンビネーションがころがっている。すぐに宇宙服だとわかった。

フォローは愕然とした。

突然、自分の勘違いに気づいた。この球はマークスの実験生物ではなく、外部からやってきた宇宙航行生物なのだ。

ダリオは正しかった！　その思いがかけめぐる。未知生物の到来という、ありえない事件が起きたのだ。だれも気づいていない。

フォローはうしろを向くと、そばのインターカムまで走っていき、指揮官に知らせようとした。

プラズマ生物はその行動を誤解した。

すばやく糸をくりだすと、フォローに向かって投げつける。糸がテラナーの頸に巻きつき、ひきずりもどした。

＊

コシャムは、二本足で接近してくる未知生物を見たとき、驚きのあまり、ほとんどなにもいえず、からだのかたちも維持できなかった。

相手が知性体だとすぐにわかり、これまで多数の出版物に発表してきたコミュニケーション理論を実践しなくてはならないと感じた。

しかし、興奮していたせいで、口ごもったような音をもらし、くくっと笑うのがやっとだった。笑いは友好的な感情をしめすものと、彼女はずっと主張してきた。

しかし、未知生物は理解できないようだった。

これは認めたくないことだ。

自分は、科学研究の場で説得力のある結果を出し、何度も表彰されてきたのではなかったか？

思考法のどこかに誤りがあったにちがいない。それがわかったので、コミュニケーションをとろうと集中するかわりに、誤りを探しはじめた。

同時に、未知生物が宇宙服を見て、あわてて方向転換をしたのに気づいた。

ここでまたコシャムは誤った決断をくだした。

組織繊維をくりだし、二本足生物の頸に巻きつけたのだ。そっとひきもどしたが、未知生物がはげしく抵抗していることは考慮しなかった。

「ばかなまねはやめろ」と、呼びかける。「危害をあたえるつもりはない。ただ話したいだけだ。わからないのか？　知性体には遭遇したものの、コミュニケーションをとれなかった、と、伝えなくてはならなくなったら、トルーランプとカメラームにあわせる顔がないではないか！」

この言葉には明らかに効果があった。未知生物はしずかに床に横たわったから。しかし、コシャムは慎重を期し、組織繊維をはなさなかった。

絶え間なく未知生物に話しかけつづける。

自分が何者か、どこからきたか、饒舌《じょうぜつ》に説明した。

未知生物の外見に変化がなく、コシャムがつくった組織繊維の輪から頭をひきぬこうともしないのが、内心では不思議だったが。

なぜ、はじめはあれほど抵抗したのに、いまは反応しないのか？

まったく答えが返ってこなかったので、コシャムはとうとう黙ると、有柄眼をつくり、じっくり観察するため未知生物の上にのばした。

もはやこの生物は動かないのだ、と、わかった。

急いで手をつくり、相手をそっと揺するが、なにも変化はなかった。

組織繊維をひっこめ、未知生物を支えて、起きあがるのを待った。しかし、手をゆるめたとたん、未知生物は床にくずおれた。

驚いて未知生物のからだを回転させると、その頭は力なく前に倒れた。「この者は死んだ」

「慈悲深き宇宙にかけて」コシャムはつぶやいた。

コミュニケーションの努力が失敗したのを、意気消沈して確認した。

この種の生物がまだほかにもいればいいが。宇宙服をのこした部屋に死体をひきずっていきながら、コシャムは考えた。もう一度ためせないのは、残念だ。この生命体はきわめて未知の存在だから。

鋭くとがった吻管《ふんかん》を形成すると、死体の服を通して刺す。胸に穴をうがち、そのなかに卵細胞の一部を注入した。

この行為を正しいと思わない者がいるかもしれないとは、コシャムは考えもしなかった。

卵細胞のための栄養基盤となる有機物を、腐る前に利用するのは当然のことだ。新しい生命は、古い生命の上に築かれなくてはならない。からだから逃れでた不滅の魂には畏敬の念をおぼえるが、滅びゆく肉体にはそうした気持ちは感じない。肉体は子孫のための栄養分であり、いまとなってはそのためだけに存在価値があるのだ。

ほかの生物はこの行動にまったく違う感情をいだくとだれかにいわれても、コシャムは理解しなかっただろう。

部屋を出ると、コシャムはドアをうしろ手に閉めた。

　このとき、軽い震動を感じた。

　同じ震動があって、二本足生物の接近に気づいたのだ。コシャムは自分を見たときの未知生物の反応を思いだした。同じ誤解が生じるのは避けなくては。

　急いで球状のからだをたもつことを放棄する。肉体構成物質が床や壁に流れだし、薄い膜となって通廊全体にひろがった。天井の下に、ちいさな目の列をつくり、視界を確保する。この目は目だたないはずだ。

　こうして待機した。

　未知生物を死なせてしまったが、自分を責めはしなかった。死体が発見されたとしても、コミュニケーションの試みが困難になることはないだろう。

　故意に殺したわけではない、と、自分にいいきかせる。あれほど傷つきやすい生物だと、どうすればわかっただろうか？

＊

　ダリオ・スパウルはインターカムに向かい、ディック・フォローを呼んだ。

　ポジトロニクス技術者のピーター・クラークが応答した。

「ディックはここ食堂にはいません。ともかく、わたしは見ていません」

スパウルは心配になった。ルックアウト・ステーションでの任務についてから、異状など起きたことがないのだが。

「気が変わったのだろうか」と、スパウル。「食事以外になにかべつの楽しいことを思いついたのかもしれない」

「いったい、どんな？」クラークがたずねる。

「ありえないな」指揮官は笑いながらスイッチを切り、ふたたび部下たちのほうを向いた。かれらは通商の決算、輸送、保険に関する計算をおこなう巨大コンピュータ建造の準備作業をしている。

とまどいながら、指揮官は周囲を見まわした。

専門知識を持つフォローの助言が必要だ。いまだになにもいってこないのが、気にいらない。

空調技術者のふたり、ジャニス・モーガンとモード・ボッシュが、部屋にはいってきた。女ふたりは、自分たちが作成し、指揮官の同意が必要な作業計画について手短かに討議したのち、食事に行くといった。

「ディックを探しているのだ」指揮官はいった。「半時間前から連絡がつかない。インターカムにも呼び出しにも応答がない。おそらくまたコンピ・クロノグラフを携帯していないのだろう」

指揮官はそういって、自分の手首をたたいた。

「懲戒処分が必要でしょう」ジャニス・モーガンが答える。「あるいは、指揮官代行にそうした処罰はくだされないのでしょうか？」

スパウルはその挑発にはのらず、聞かなかったかのように、平然と無視した。ジャニスの厄介な面には慣れている。つねにスパウルを挑発しようと試み、かれが弱みを見せるのを待っているのだ。しかし、これまで成功したことはない。

「食堂の近くにいるはず。探して報告してくれ。十分以内に居場所を知りたい。いいか？」

「了解です」と、モード・ボッシュ。「もっと早く発見できるでしょう」

モードは指揮官が好きだったので、ジャニスのいきすぎた言動が注意されないのに怒りを感じていた。内心では、指揮官が個人的な感情からジャニスのしたいようにさせているのではないかと不安な一方、かれの態度からははっきりした意志がわからず、いらだっていた。モードはダリオ・スパウルを崇拝しており、その気持ちをかくすこともしなかった。

「あんな質問、指揮官にしなくちゃいけなかったの？」すこしして反重力シャフトにはいったとき、モードはジャニス・モーガンに息まいた。

「質問って？」ジャニスは、なんの話かわからないようだった。

「指揮官がディック・フォローをひいきしたりしないのは、わかっているでしょう。あつかいは、わたしたちと変わらないわ」

「そう思う？」ジャニスはしずかにほほえんだ。一瞬、まだなにかいいたそうな表情を見せたが、どうでもいいように反重力シャフトを出た。

いま、ルックアウト・ステーションを宇宙ハンザの通商のあらたな橋頭堡《きょうとうほ》として準備する作業が進んでいる。このグループを指揮するのがダリオ・スパウルだと偶然に耳にしなければ、ジャニスが銀河間の空虚空間にくることはなかっただろう。その条件がなければ、マークスの宇宙駅は彼女にとり、あまりに孤立していて退屈な場所だ。しかし、ジャニスはずっと、ダリオ・スパウルを自分のものにしたいと願っていて、そのためだけに、ここまで追いかけてきたのだ。魅力的な仕事の依頼さえも断って。

前から、モード・ボッシュも指揮官に興味があるらしいと気づいていた。自分のほうが優位だとしめすのがむずかしくなっている。

食堂に近づいたとき、モードは突然、立ちどまった。

「おかしなにおいがしない？」と、分岐した通廊を見つめる。

ジャニスはにおいをかいだが、そのまま歩きながら答えた。

「気のせいじゃないの」

しかし、モードは、気のせいではないと確信していた。

「ちょっと、ジャニス、なにか変よ。空調の仕事にまじめにとりくんでいれば、すぐに気づくはず」

ジャニスはことさらゆっくり振りかえった。怒ったように目を細めている。

「いばらないで。すべて順調よ。計画にしたがって作業して、各工程を点検した。間違いは起きてないわ」

「そんな話じゃないの。あなたや、あなたの作業グループには、まったく関係ないことかもしれない」

「なんの話だか、わかってるわ」ジャニスはいらだった。批判されているのだと感じる。モードからこのような話を聞くのは耐えられないと思い、言葉が率直すぎる、と、相手にいった。

モードの顔が真っ赤になった。ジャニスは仕事を再確認すべきだという話をしているのではなく、わたしに屈辱をあたえるためだけの発言をしたのだ。そう感じ、その理由にも勘づいて答えた。

「いいわ、わかった。あなたがいやなら、わたしひとりでここを見てまわるわ。あなたは食堂へ行きなさいよ。そこでディック・フォローに会えるかもね」ジャニスは通廊にはいった。

「そうなれば、あなたに好都合というわけよね」

「空調をもう一度確認するわ。指揮官代行がセレスプラマー人のコシャムに会った場所だった。

すべて計画どおりに設置されたとわかっているけど。確認したら、あなたはなにも主張できなくなるかもしれないわよ」

「どうかしてる」モードはいった。「わたしがあなたを中傷するとでも思ってるの？」

ジャニス・モーガンはしずかにほほえんだ。どんな言葉よりものをいう視線をモードに向ける。モードの顔がますます紅潮した。

二十メートルほど進むと、ジャニスもようやく奇妙なにおいに気づいた。その瞬間、モードが正しかったと悟った。かすかにためらったが、そのまま進んだ。自制できなかったのだ。

モードはその場にのこった。

においが強くなっている。なにかがおかしい。

背筋がぞっとして、恐怖を感じはじめた。

調温装置に向かい、操作するかのようにふるまったが、実際はひるんでなにもせず、通廊を進んでいった。おのれのなにかが、危険を警告している。

できればジャニスにもどってと呼びかけたかったが、さっきと同じような侮辱をうけるのではないかという気がする。

突然、壁が動いたように見えた。

ジャニスとのあいだに、無色の液体が壁を伝いおりてきて、通廊の中央ではじけると、高さ三メートルの柱にふくれあがった。

モードは悲鳴をあげて跳びすさる。

ジャニスはあえてゆっくり振りかえった。モードが大げさに反応していると思ったのだ。しかし、見えたのは、しだいにヒューマノイドのかたちになり、色が褐色に変わっていく物体だった。

恐怖を感じて逃げだそうとしたが、足が鉛のように重くて動けない。

まだなお変化途中のプラズマの頭部から、意味のわからないひとつづきの音がもれた。

ジャニスは、相手が平和的な方法でコミュニケーションをとろうとする生物だとは、まったく考えなかった。その接近のしかたがひどく不器用だったので、自分が危険に脅かされているとしか思えなかった。

プラズマ生物がドアの隙間を通過して追いかけてくるかもしれないなどとは考えず、ジャニスは二歩もはなれていない部屋のなかに身をひそめた。通廊にいる見慣れない生物から逃れられるか確信はなかったが、とにかくどこかにかくれたかったのだ。背後でドアを閉め、施錠しようとしたとき、ジャニスは自分がひとりでないのに気づいた。

ディック・フォローが床に倒れている。死んでいた。

ジャニスは悲鳴をあげた。

指揮官代行はぞっとするような方法で、姿を変えられていた。なにが起こったのか、ジャニスはすぐに把握した。ディック・フォローが死んだあとに、プラズマ生物がかれの体内に卵細胞を生みつけたことなど、知るよしもないから、その前後関係はわからなかったが。この異生物がなにかの栄養源として指揮官代行を使うため、意図的に殺したのだと、ジャニスは思った。自分も同じ運命に脅かされている。

おぞましい異生物の罠におびきよせられたのだ。ジャニスは背中をドアに押しつけた。死んだディック・フォローから目がはなせない。見たくないのに、不可視の力によって凝視してしまう。

フォローのからだのわきから、無色のプラズマ塊がふくれあがった。数秒間とまったのち、長いプラズマ繊維をジャニスに向けてのばしてきた。

ジャニスは部屋のすみへ逃げた。

恐怖が悲鳴となって響く。

足から力がぬけて、目の前が真っ暗になった。

意識を失って床に倒れる。

ジャニスの指先は、フォローの腰から出てきたプラズマ塊からわずか数センチメートルのところにあった。

# 5

警報が鳴りひびき、イホ・トロトの前にある制御コンソールの赤いランプの数が倍増した。

ハルト人はこぶし大のキイを強くたたいた。

「どうした？」ブルーク・トーセンがたずねる。

「エンジンが故障した」

トーセンは大きすぎるシートからすべりおりた。

「どうする？　われわれ、銀河系へもどるか？」

制御コンソールの前の巨体は大声で笑った。

「銀河系へもどるだと？」と、シートごと振り向く。「ちびさん、どれだけ距離があるのか、わかっているのか？」

「さっぱり」

「では、説明してやる」イホ・トロトは機器のひとつをさししめした。「読めるだろう。

二十万光年以上はなれているのだ」

トーセンはうなだれた。

「じゃ、どうする？」

気分が悪い。いまにも吐きそうだ。銀河や銀河間の距離についてくわしくは知らないが、ともかく銀河系とアンドロメダのあいだには、ほぼ百五十万光年にわたる深淵がひろがっているのはわかっている。まさに想像できないほどはなれているために、マークスは宇宙駅を設置したのだ。マークスが使用していた宇宙船でそのような距離を翔破することは、不可能だっただろうから。

トーセンはハルト人に、自分たちの宇宙船は実際どのくらいの距離を航行できるのか、と、たずねたかった。だが、ジャルヴィス＝ジャルヴからつづいてきた道が銀河間の空虚空間ではてるのだということが、明確にわかる答えを聞くのは恐かった。

「すこし修理が必要だな」トーセンはいった。「あるいは、あきらめるか？」

ハルト人には、この質問の真意がわからなかったらしい。立ちあがると、ぶつぶついい、

「くるんだ」と、トーセンにいった。「手伝ってくれ」

エンジン室にはいったとき、トーセンはトロトの手袋をさししめしてたずねた。

「それはいったいなんなのだ？　どこからエネルギーをとりいれているのだろう？」

つと、制御ボックスをひらいてなかを操作した。

「わからないな」十分ほどして、イホ・トロトは答えた。

「この手袋は空を飛べる。エネルギー・ビームを発射するところも見た」と、トーセン。

「膨大なエネルギーを必要とするはず。われわれが同じことをしようとしたら、核反応炉が必要だ」

「大げさな」

イホ・トロトは作業に没頭した。四本の手すべてを使っている。抜群に器用だ、と、トーセンは認めた。指が繊細な機器になったようだ。

しばらくして、手袋が手からはなれ、音もなく機械の上に向かった。指先からグリーンのエネルギー・ビームが発射され、機械のようすが変化する。トーセンは驚いてそれを見守った。

「見たか？」トーセンはきいた。

「もちろんだ、ちびさん」

「なぜ、手袋は機械を破壊しているんだ？」

「破壊などしていない。むしろ、修理している。わたしの仕事をひきうけてくれたのだ」

「なぜ、修理方法がわかるのだろう？　あの手袋はハルト人が開発したものではないだろう。それとも、そうなのか？」

「もちろん、ハルト人が開発したものではない」

「では、どうしてわかるのだ？」

「もういい、ちびさん。どこかに行っていろ。じゃまをするな。わたしにもそんな質問は答えられない」

ブルーク・トーセンは、ハルト人も自分と同じように困惑していると悟った。なにもできないので、トーセンはエンジン室を出た。

また自問する。なぜよりによって自分が、〝デポ〟までイホ・トロトに同行すると決まったのだろう。

〝デポ〟とはなんなのだ？

そこでなにをするのか？

まもなく知るだろう。この宇宙船は〝デポ〟に向かっているのだ。

ハッチが背後で閉まって、トーセンはその場に立ちつくした。

答えはもうすぐわかる。わたしがそれまでにおかしくなっていなければの話だが。

＊

モード・ボッシュは、プラズマ生物が壁を流れおりて、ジャニスがかくれた部屋のドアの隙間にはいりこむのを見ていた。ジャニスの悲鳴が聞こえたが、なにも手助けできない。

防御のための武器を持っていないから。

「ジャニス！」

大声で呼んだが、ドアの向こうはしずまりかえっている。

モードは向きを変えると、通廊にそって逃げだした。

自分も悲鳴をあげていた。ぞっとするような恐怖につつまれて、足が麻痺したようになる。かつてないほど速く走らなくてはならないというのに、まったく足が進まない。ある悪夢をみたことを思いだした。危険から逃れたいのに、足が地面に根を生《は》やしたように動かないのだ。

何度かうしろを振りかえる。

通廊の中央にそびえていたかたちの定まらない生物は姿を消し、かわりに、ドアのそばに大きな塊りができていた。未知生物は、なんとしてもジャニスを追いかけたいようだ。

通廊の行きどまりの場所につく直前、目の前のドアがスライドして開き、プラズマ球がころがりでてきた。

ぎょっとして、モードは立ちどまった。

「いやだ。やめて」と、ささやく。球から腕のようなものがつきでてきた。先端は、人間の手のようなかたちをしている。その手がモードに向かって持ちあがり、球が意味のわからない音を発した。

なにかいいたいようだとモードは感じたが、恐怖と驚きで、コミュニケーションをとろうと考えることもできない。

肩ごしに振り向くと、うしろからも球状の物体がころがってくる。ジャニスがかくれた部屋のドアは、いまは開いていた。

恐怖につつまれ、モードは手をのばしてくる球状生物の横を通りぬけようとした。わきに身を投げると、インターカムのキイを押し、助けを呼んだ。

＊

ダリオ・スパウルは、技術者のひとりから組織上の質問をされたとき、指揮官代行のディック・フォローからまだ連絡がないことを思いだし、不機嫌になった。

インターカムに向かい、スイッチをいれる。

ちょうどその瞬間、スクリーンが明るくなった。

恐怖にゆがむモード・ボッシュの顔がうつり、スピーカーから泣き叫ぶ声が響く。

「モード……なにがあった？」

スクリーンからモードの顔が消えて、床に倒れる音がつづいた。

「モード、報告せよ！」

「気絶したようです」指揮官のうしろにいた技術者がいった。「彼女が白目をむいていたのに気づきませんでしたか？」

「あれはなんでしょう？」べつの技術者がたずねた。「マット・ウィリーのようですが」

「それにしては大きすぎる」ダリオ・スパウルも同時にプラズマ球に気づいて答えた。スクリーンで見ていると、球は下の縁に消えたが、すぐにまたあらわれた。

そこに二体めのプラズマ生物がくわわった。ただし、床をころがっているのではなく、たくさんの疑似足で歩行している。皿のようなかたちになり、失神したモードをそこにのせて運んでいる。

男たちは驚きでなにもいえず、未知生物二体が若い女を部屋にひきずっていくのを見つめた。

「行こう。彼女を連れもどすのだ」モードとプラズマ生物二体の背後でドアが閉まったとき、指揮官は命じた。ディック・フォローの居場所についても、すでに勘づいていた。ほかの男たちとともに宇宙駅の通廊を走りぬけ、モードが気絶した場所にたどりついた。指揮官は警告するように片手をあげた。

「先に進む前に、銃を用意するぞ」自分を追ってきた技術者たちのほうを向いて、そのうちふたりにエネルギー銃を近くの武器庫から持ってくるように指示した。ふたりはすぐに走りだした。

「プラズマ生物と丸腰で戦う方法など、見当もつかないが」指揮官はいった。「しかし、ふたりがもどってくるまで、いつまでも待つつもりはない。待っているあいだに、モードが死んでしまうかもしれない。それでは遅すぎる。攻撃されて、緊急事態になったら逃げるしかないが、生物の気をそらせられれば、モードは助かるかもしれない」

指揮官はゆっくり前進した。

あの生物はどうやってここにきたのか？　そう考えて胸騒ぎをおぼえた。本当に外からきたのだろうか？　数は？　二体か？　二十体？　数百体？

グレク１にできるだけ早く報告しなくては。

マークスなら、あの生物をおとなしくさせられるかもしれない。できれば、生物がどこからきたのか、どう対処すべきなのか知りたい。

ドアに到達した。

「モード？」ためらいながら、呼びかける。

答えはなかった。

ほかの者たちは、数歩はなれた場所にいる。指揮官がドアを開けるのを待っているのだ。突然、ダリオ・スパウルは、ドアの向こうで待ちかまえるものが恐ろしくなったが、権威を失墜させたくなければ、躊躇《ちゅうちょ》している時間はない。

コンタクト・スイッチを押した。

ドアが横にすべり、色のない物質があふれてきた。指揮官はぎょっとして跳びすさった。

プラズマ塊が分裂し、無数のテニスボール大の塊りになった。触手のようなものが出てきて、それを使って床を移動している。

大量のプラズマ生物が音をたてているわきに、女ふたりと指揮官代行の死体の残骸が見えて、指揮官は身の毛もよだつ真実に気づいた。

この生物は、死体の組織を変質させることで成長したのだ！　用心しなければ、われわれは全員、食いつくされてしまう。

男たちとともに指揮官は通廊を走って逃げた。武器がなくては、勝てる見こみはない。食堂に到着すると、武器をとりにいかせたふたりに出会った。エネルギー銃が十挺《ちょう》用意されていて、ダリオ・スパウルは急いで配った。

「銃で消滅させろ」と、命じる。「行くぞ。あの生物が空調シャフトにひろがらないうちに、かたづけるのだ。急げば、チャンスはある」

部下とともに、ディック・フォローと若い女ふたりがプラズマ生物の犠牲になった通廊に到着すると、指揮官は足をゆるめた。

不定形の生物はどこにも見えない。

死者三人も消えていた。

「虚無に消えてしまった」技術者のひとりがいった。

「いや、きっと違う」ダリオ・スパウルが答える。「まだそこにいるのだ。どこかで耳をすましている。壁の裏、空調シャフト、床下、あるいは天井の上で。どこにでもいる可能性がある」

指揮官は通廊に向かっていき、

「防護服を着用せよ」と、命じた。「ただちに。一刻の猶予もない。悠長にしていたら犠牲者がさらに増える」

技術者たちは、命令にしたがって走りでていった。

指揮官はインターカムに近づき、管轄下の男女に事件について話し、防護服の着用を指示した。

＊

「コシャムが理性を失った！」トルーランプが大声でいう。「未知生物を殺したのだ」

カメラームは聞き違えたかと思い、たずねた。

「では、ここには未知生物がいるのですね？　この宇宙島を建設した生物が？」

「建設者かどうかはわからない」遠征隊の船長は答えた。「ただ、文明を持った知性体だというのはたしか。そしてコシャムは、わたしがこれまで出会ったなかでいちばんのおろか者だ」

セレスプラマー人の女二名は、小部屋のなかでさまざまな道具にかこまれていた。着陸床に係留した宇宙船からは、すでに一キロメートルほどはなれている。三名はともに船を降りたが、コシャムだけは独力で宇宙島の奥へ侵入するといって、単独行動していた。コミュニケーション技術者として、要員がいたら最初に意思疎通をはかることが自分の義務だと考えたのだった。トルーランプとカメラームは、コシャムの好きなようにさせた。

いま、二名は自分を責めていた。

「コシャムは二本足生物をひとり殺してしまった」船長はいった。「逃げだした生物をひきとめようとしたさい、そのからだが傷つきやすいかもしれない可能性を考慮しなかったのだ。本能のままに追いかけて殺し、その死体に卵細胞の一部を注入した」

「それで、どうしたら？」カメラームがきいた。

トルーランプはあきらめたように、急いでつくった触手を持ちあげた。

「コシャムなしで、未知生物と交流をはからなければ。その生物たちと戦いたくない。友好的関係を築きたいから。だが、コシャムが不器用にふるまったせいで、だいなしになった」

カメラームも触手をつくり、その先端にある目をドアの隙間からつきだした。通廊の中央、かなりはなれたところで、コシャムが奇妙な姿になっている。その前から二本足生物ひとりがかくれ場へと逃げだした。

「運に恵まれたかもしれません」宇宙物理学者はいった。「コミュニケーション技術についての知識はコシャムにおよびませんが、わたしのほうが勘が鋭いかもしれない」

カメラームは足をつくり、急いで通廊に出る。

べつの二本足生物がこちらに向かってきた。

カメラームは手のようなものをつくり、警告するようにそれを生物につきだした。未知生物をはねのけるためではなく、注意をひいて、パニック反応を起こすのを阻止したかったのだ。

「われわれは友だ」と、呼びかける。「あなたたちを好ましく思う。あなたたちと話したいのだ。われわれ、これまでセレスプラマー人以外の知性体と会話をかわしたことがない。われわれは友だ」

恐怖を感じたが、なんとかそんなそぶりを見せないようにした。しかし、かたちづくった足の一部が溶け、変幻自在な物質となって床を流れるのをとめられなかった。数秒ですべてが終わった。

二本足生物は前に横たわり、生きている徴候はなくなった。

カメラームもコシャム同様に失敗した。行動を間違えたのだ。

「終わりだ」トルーランプがかくれ場に身をかくしたまま呼びかけた。「監視されていたのに気づかなかったか？　壁のスクリーンを見ろ。われわれに注目している目がある。あなたもコシャムと変わらない。だが、もはやどうしたらいいものか」

「決断はくだされています」カメラームは悲しそうに答えた。「戦わなくては。こうなっては、われわれか相手か、どちらか一方しか生きのこれません」

「戦いは避けたかった」と、船長。「あらゆる可能性のなか、相手を殺害するのは最悪の解決法だ。しかし、ほかに選択肢はなくなった」

「はい。コシャムがすべてだいなしにしたのです」

「われわれは卵細胞を助けなくてはならない」船長がいう。「いまとなっては、それが肝心だ。われわれのうち一、二名が殺されたとしても、種族が数千名いれば、それは問題ない。この死体の生体物質を利用すれば、数を増やすことができるのだ。その二本足生物は死んだのだな？」

「はい……おそらく」確信はなかったが、カメラームは答えた。「ただ、なにを生命の徴候として考えたらいいかわかりません」

船長は決断が必要だとわかっていた。迷う時間はのこされていない。滅びゆくセレスプラマー人種族から、生命を宇宙に運びだしてどこかの惑星にあらたに定住させる任務をあたえられたことを考えた。ここで三名全員が殺されることを阻止しなくては、任務ははたせない。

「もどろう」船長は命じた。

「空調シャフトへ？」カメラームがたずねる。

「当然、違う」星間遠征隊の女指揮官は答えた。「まず、そこが捜索されるだろうから。そうではなく、床下のケーブルシャフトにかくれるのだ。ここにもかならず存在するはず。われわれがひそんでいるとは思われまい。そこにかくれなければ、焼き殺されるか、毒ガスをはなたれるだろう」

「そのとおりです」宇宙物理学者は同意した。その変幻自在なからだはすでに、床板のほとんど目に見えない隙間に沈みこんでいる。「われわれ、どこにでも身をかくせます。空間は充分あります」

トルーランプは声を高くして、コシャムを呼んだ。

コミュニケーション技術者は、いくつものいいわけをしながらやってきた。

「かれらのメンタリティがあれほど異質だと、どうしてわたしにわかったでしょう。本当にわかりえませんでした。われわれと明らかに違う知性体がいるとは、だれも教えてくれませんでした。ですから、わたしを非難しないでください。いっしょに解決法を探りましょう。方法が見つかれば展望が開けます」

トルーランプとカメラームは嘆息し、床下に姿を消した。コミュニケーション技術者は、床が震動しているのを感じ、自分が遭遇した知性体が数名、接近していると推測した。コシャムはいうことをきかない〝子供たち〟を制御するのに苦労しながら、女二名のあとを追った。

プラズマ生物三体と子供たちはケーブルシャフトを通過し、宇宙駅の中心領域からかなりはなれると、壁の内側の空洞、そばに水道管が数本ある場所でとまった。

「よく考えたのですが」コシャムはほかの二名にささやいた。「未知生物との不要な戦いをおそらく回避できる作戦を練りました」

「なにをひねりだしたのか」カメラームが軽蔑したようにつぶやく。

コシャムは無視してつづけた。

「未知生物との意思疎通はまだ可能にちがいありません。あるいは、もうそれには価値がないとでも？」

「もちろんある」船長が答える。「われわれの調査目的は平和的なものだ。宇宙戦争を勃発させたくはない。だが、いまはわれわれの生活圏をかけて戦わなくては。血を流さずに成功させられるとは、まだ想像もできない」

「まず、わたしの考えた作戦を聞いてください」コミュニケーション技術者はいった。

「おそらく考えが変わるはず」

「話してみなさい。どんな作戦か、楽しみだ」

# 6

ダリオ・スパウルが宇宙服を着用していると、そばのインターカムのランプが点滅した。スパウルはスイッチをいれた。

「ピート・ガーメシェイマーです」ブロンドの青年が名乗った。「通信・監視ステーションにいるのですが、たったいま、ハルト人のイホ・トロトから連絡がありました。トロトがルックアウトへ航行中です」

スパウルは聞き違えたかと思い、ききかえした。

「イホ・トロト？　わが友、イホ・トロトか？」

「あなたの友かどうかは知りませんが」ガーメシェイマーが答える。「ともかく、イホ・トロトから連絡がありました。数分で着陸するとのこと。ほかにもまだ報告があります」

「話してくれ」指揮官は通信士をうながした。突然、緊張が解け、危険がなくなったように感じていた。イホ・トロトがくる。ハルト人はきっと、プラズマ生物との戦いに手を貸してくれるだろう。分子構造を意のままに変えられるから、変幻自在の敵に勝利できる。イホ・トロトを絞殺することはできない。身体構造を鋼のような物質に変えてしまえば、その構造が分解することもないのだ。

「着陸床に未知の宇宙船があります。ロケットのようなかたちで、数時間前に到着したようです。いずれにしても、最後に点検したさいにはありませんでした」

「そこに向かってくれ。イホ・トロトの到着後、必要な点検と安全確認をしたらすぐに、見てきてほしい」スパウルは指示した。「だが、用心するのだ。プラズマ生物はその船で到着したと思われる。宇宙服を着用していなければ、たちまち攻撃されるぞ」

ピート・ガーメシェイマーは笑った。

「宇宙服なしで宇宙空間に出ないように注意しますよ」

「ステーション内でも着用するのだ。なぜまだ着用していない？」

「通信がはいったもので」

「わかった。では早く着用するのだ。すぐに」

「了解しました」

指揮官はスイッチを切り、ヘルメットを閉じた。これでプラズマ生物に攻撃されても平気だ。

「イホ・トロトか」と、つぶやく。「最高の贈り物だ」

　振りかえると、ピート・ガーメシェイマーが近づいてきていた。しかし、すぐに向きを変えて、わきの通廊に姿を消した。通信士は、宇宙服を着用していない。

「おい、ピート」スパウルはヘルメットの外側スピーカーのスイッチをいれると、呼びかけて追いかけた。「待ってくれ」

　ガーメシェイマーが方向を変えた角につくと、十メートル先にその姿が見えた。ためらうようすでインターカムの前に立っている。

「ピート」

　通信士は、無表情の顔を向けた。

「宇宙服を着用しろと命じただろう。命令を無視した理由を話してもらおうか？　命があぶないぞ。この近くにプラズマ生物がいるはず。つかまったら、殺される」

　ガーメシェイマーが近づいてきた。やはりその顔には表情がない。指揮官は思わずあとずさった。

「どうしたのだ？」不安になってたずねる。怒りは消えていた。命令にしたがわなかった青年に対してすべきことも忘れている。突然、いかなる状況でも権威をたもち、それによって規律を守ることなど、どうでもよくなった。危機を間近に感じる。「ピート、どうした、おかしいぞ」

　通信士は立ちどまり、探るような視線を向けた。その顔は蒼白だ。唇に血《ち》の気《け》がなく、目は眼窩《がんか》に落ちたかのようだ。

スパウルの背筋に寒けがはしった。

「話してみろ。なにがあった？」

スパウルが知っているピート・ガーメシェイマーはつねに社交的で、かんたんにはうろたえない男だ。これまで反抗したことも、問題を起こしたこともない。このような青年ばかりなら、ルックアウトでの任務はずっと容易になるだろうと、指揮官はよく考えたものだった。

しかし、ガーメシェイマーはどこか変わってしまっていた。

なにかショックをうけたにちがいない！

「宇宙服を用意しよう。さ、きなさい。そこのロッカーにまだ一着あるはずだ。サイズはちょうどあうだろう」

指揮官は通廊の壁に設置されたロッカーに向かい、ドアを開けた。なかには何着か宇宙服がかかっている。一着とろうとしたとき、自分のヘルメットに通信士が手を置いたのを感じた。

指揮官は振り向いた。

ピート・ガーメシェイマーが、わたしのヘルメットを開こうとしている！

かんたんに開くはずだが、通信士はなぜか不器用だった。指が思いどおりにならず、ちゃんと動かないように見える。錐体外路《すいたい》神経系に障害があるかのようだ。

　指揮官は怒って、その腕をはらいのけた。

「いいかげんにしろ、ピート。命令をきけ。抵抗は許さないぞ」

　しかし、ピート・ガーメシェイマーはひきさがらなかった。あらためてヘルメットのマグネット留め金をつかみなおしてくる。指揮官がはらいのけようとすると、こんどは指揮官の手をつかんだ。

　ふたりがにらみあう。

　このとき、スパウルは気づいた。

　ガーメシェイマーの両目に瞳孔《どうこう》がない！

　瞳孔の部分が何千もの複眼になっていて、それぞれの中央にちいさい目があるように見える。

　スパウルはぎょっとして、ガーメシェイマーをつきとばし、わきにジャンプすると、エネルギー銃を向けた。自分の手が震えているのに気づく。

「すぐになにかいわないと、撃つぞ」

　この瞬間、だれかに肩をたたかれた。

　振り向く。

　眼前に、ピート・ガーメシェイマーとそっくりの男がいた。こちらも宇宙服を着用していない。口を開き、ほほえんでいるが、歯がなく、舌もないようだ。唇の奥には底なしの空洞がひろがっている。

もうひとりのピート・ガーメシェイマーは、スパウルのヘルメットの留め金を力強くつかみ、開けようとしている。

ダリオ・スパウルは銃を発射した。

針のように細いエネルギー・ビームが目の前の存在をうがったとたん、突然、それははげしく脈打つ黒いプラズマ塊になった。指揮官が驚きを克服しようとしているあいだに、もう一体の、ガーメシェイマーのイミテーションは逃げだした。

射撃しようとスパウルが振りかえったときには、すでに次の分岐点にたどりついていた。

銃を発射する。

遅すぎた。

エネルギー・ビームは未知生物をかすっただけだった。

スパウルは、震える手を大腿部に押しあてた。なんとかおちつこうとするが、冷静になれない。本来は技術者であり、このような危険な局面にさらされたことなどなかったから。たいていのテラナーと同じように、スリルを味わう映画はたくさん見てきた。未知の惑星を舞台にして、希望が持てないような状況でも主人公が生きのびる姿を描いたものだ。だが、いまの自分の状況をどう乗りこえればいいか、まるでわからない。

背後で液体が落ちてくるような音が聞こえた。

プラズマ生物の残骸が床に散らばっている。ヒューマノイドのかたちを完全に分解することができなかったのだ。一本の腕と手が通風口に逃げようとしている。

指揮官は銃を扇状射撃に調節して撃った。今回は未知生物ののこりをすべて破壊できた。

いまいましいやつらめ。これから、だれも信用できないぞ。どんな者にも怪物がひそんでいる恐れがある。プラズマ生物は、イホ・トロトの姿だってまねるかもしれない。

通信機のスイッチをいれて、建造部隊の全メンバーにつなぐと、話しはじめた。

「プラズマ生物は、状況にすばやく適応する。人間のような姿であらわれて、われわれのふりをするのだ。ついさっき、一体を殺すことになったが、われわれの仲間のひとりと同じ姿をしていた。用心せよ。接近する者がだれであれ、よく観察するのだ。注意をおこたれば、死を招きかねない。だれも近づけるな」

このような過激な言葉をかけるのは本意ではなかったが、危険を強調しなければ、部下たちは信用しないだろうとわかっていた。

スイッチを切ってようやく思いだしたが、ガーメシェイマーの姿は、まさにふだんどおりだった。服も同じだった。その服さえ、最後にはプラズマに分解されたのだが。

あの生物が理解できないのは、われわれの言語だけなのだろう。話せないだけで、ほかのことはすべて模倣できるようだ。知性はまったくないのではないか？　動物かもしれない。ロボット制御の宇宙船でここに到着したとも考えられる。「宇宙船に乗ってくる者は、知性体だと思いこんでいた。しかし、間違っていたのだ」

「そういうことか」指揮官は茫然とした。

もう一度、この数時間の出来ごとを熟考し、未知の知性体だという証拠を探ろうとした。しかし、相手が知性体だと思われる徴候はまったくなかった。

ダリオ・スパウルは第一に技術者でありビジネスマンだった。宇宙ハンザの通商基地に必要なことは詳細に知りつくしていたが、人類以外の知性体についてはほとんど知識がない。スパウルは宇宙心理学者ではないし、チームのなかにもそういった学者はいなかった。マークスについて知らなくてはならないことは、ヒュプノ学習コースで学んでおり、この点では充分な知識があると裏づけられていた。ルックアウトのグレク1との共同作業にはまったく支障がなかった。

しかし、プラズマ生物についての判断は、スパウルには荷が重すぎた。感情にとらわれてしまい、異生命体を理解するにあたって、先入観が生まれていた。トランスレーターを持ってくることさえ思いつかなかった。高度に発達したポジトロニクスの力を借りれば、苦労することなく意思疎通をはかることもできたのだろうが。

しかし、スパウルは自分の弱点を自覚していたので、解決法を考えた。イホ・トロトによって救助がもたらされる……そう思ったのだ。イホ・トロトが、自分の知るハルト人とは異なる存在になっているとは知るよしもなかった。銀河系の外には、まだトロトについての警告がひろまっていなかったから。

すぐにイホ・トロトと連絡をとらなくてはならない、と、スパウルは思った。ハルト人はこうしたことがらを熟知している。助けてくれるだろう。長い生涯で、このような状況を何度も乗りこえてきたはず。ここで成果をあげられる者がいるとすれば、それはハルト人だ。

監視ステーションに急ぐ。ピート・ガーメシェイマーがハルト人の到来を知らせてきた場所だ。

ガーメシェイマーは機器の前にすわっていた。修理道具をそばにならべていたが、作業はせず、ただヴィデオ映画を眺めている。だが、指揮官に気づくと、驚いて襟もとに手をやり、ヘルメットをかぶろうとした。

「待て」スパウルはいった。「ちょっと待て」

通信士は立ちあがり、不安そうに指揮官を見つめ、

「すみません」と、つかえながらいった。「ヘルメットをかぶるのを忘れてしまったのです。映画が……」

スパウルは若者にエネルギー銃を向け、四歩手前まで接近して立ちどまった。疑い深くにらみつける。

「どうしたのですか?」ガーメシェイマーがたずねた。「たしかに、過ちはおかしました。そのせいで罰をうけるのですね。わかりました。でも、どうしてそんなにわたしをにらむのですか? それほどひどいことをしたとは思いませんが」

「わたしが話しているのは、本当にガーメシェイマーか、それともかれらの仲間か、考えているのだ」

そう指揮官は答え、相手が青ざめたのに気づいた。

「なんの話ですか? わたしがかれらの仲間かと? どういうことですか?」

スパウルは確信がなくなった。

目の前の通信士を信じていいのか、わからない。どうすれば相手が人間なのか、人間のイミテーションなのか、見分けられるのだろう。

「つい先ほどのことだ。わたしは、きみと同じ姿をした者と会った」

ガーメシェイマーは破顔した。

「わたしには双子の兄弟がいますが、ここにはいません。かれはテラにいます」

「そんな話をしているのではない。船内にいるプラズマ生物は、区別できないほどうまく他者の姿をまねられるのだ。その一体がきみの姿をまねていて、その後、さらにもう一体あらわれた。きみは三体めなのか、それともほんもののピート・ガーメシェイマーなのか？」

「もちろん、ほんものです」

「証明してみろ」

通信士は困惑した。

「証明？　どうやって？」

この男は言葉を口にしている、と、スパウルは考えた。さっきの生物は無言だった。話せないのか、話したくなかったのか？　なぜ、ガーメシェイマーの姿になったのだろうか？　ほかの者ではいけなかったのか？

スクリーンのひとつが明るくなり、ハルト人の顔がうつった。

「どうしたんだ？」スピーカーからどなり声が響く。「なぜ、通信してこない？　なにか問題があったのか？」

「かれに応答せよ」指揮官が命じた。

ガーメシェイマーが機器を操作するところを見たかったのだ。かれが未知生物だった場合、訓練された人類と同じように巧みに操作できるだろうか？

「先にヘルメットをかぶったほうがいいですか？」通信士がたずねる。

「かぶらなくていい」

「あなたがそういうなら」

この通信士は危険がわかっていない、と、指揮官は考えた。あるいは、かれにとっては危険ではないのか。やつらの仲間なのだから。

なにか確認できればいいと指揮官は思ったが、いつもどおりだった。ガーメシェイマーが一度もためらわずに必要なスイッチを操作するのを見ていた。

「着陸できます、イホ・トロト」通信士はいった。「準備万端です。指揮官のダリオ・スパウルから、歓迎するという伝言をあずかっています」

「ダリオ？　昔なじみの？　それはうれしい。あのちびさんはどうしている？　元気か？」

ガーメシェイマーはひそかににやりとして、指揮官を一瞥《いちべつ》した。

「すこし修理をしたいのだ」ハルト人は話をつづけた。「必要な補充部品があるといいが。ダリオ・スパウルに伝えてくれ。ダリオは手をつくしてくれるだろう」

「こちらも、問題が発生中です」ガーメシェイマーが答えた。「われわれの破滅をもくろむプラズマ生物と戦っているのです」

通信士はちらっと指揮官を見やってつづけた。

「かれらはわれわれの姿をまねられます。だれも他人のことが信用できない、ひどい状況です」

「問題を解決するため、協力しよう」ハルト人は約束した。「心配無用だ」

「あぶない！」ダリオ・スパウルが叫んだ。突然、天井からこぶし大のプラズマ塊がさがってきたのに気づいたのだ。

ピート・ガーメシェイマーはすばやく反応した。折りたたんだヘルメットをひきあげて頭にかぶる。ヘルメットが固定されたとたん、その上にプラズマ塊が音をたてて落ちてきた。

明らかに幼いプラズマ生物がヘルメットの上をすべり、手のかたちになって留め金にからみつくのを、スパウルは驚いて見つめた。ヘルメットを開けて、通信士を攻撃しようとしているのは疑いようもない。

ガーメシェイマーもこの展開に気づいた。変幻自在な生物を両手でつかみ、ひきはがそうとする。しかし、プラズマ塊はかたちを変えて指のあいだをすりぬけ、そこからはなれない。

ダリオ・スパウルは、通信士がほんものかどうか確実にわかるチャンスだと思った。

「エアロックへ。急げ！」と、叫ぶ。

ガーメシェイマーは指揮官を見ると、うなずいた。不安そうな目だ。

決断への不安か、あるいは頭にくっついた物体への不安か。スパウルは自問した。

通信士が走っていく。

エアロックまで遠くない。

頭についたプラズマ生物は、相いかわらずヘルメットを開けようとしている。テラナーは開けさせまいと留め金を指で防御した。プラズマ生物は、自分の危機的な状況をわかっていなかった。

ガーメシェイマーはためらうことなくエアロックへ走る。指揮官も同行した。内側ハッチを閉めると、次に外側ハッチを開けた。

プラズマ生物がたちまち凝固し、ガーメシェイマーの頭から落下するのを、ダリオ・スパウルは見つめた。通信士は落下物を踏みつけ、着陸プラットフォームにほうりだした。そこにはハルト船がすでに到着していた。

「これで信じてもらえるといいのですが」ピート・ガーメシェイマーがいった。「まったく、こいつらに殺されると思いました」

ふたりはハルト人が下船してくるのを見守り、エアロックで待ちうけた。

「はじめは、相手がある程度の知性を持つ存在だと思ったが、いまでは勘違いだったとわかる」指揮官は説明した。「知性があれば、すくなくとも意思疎通をはかろうとしただろう」

「しかし、かれらの行動は知性がある証拠では？」通信士がたずねた。「つまり、われわれを観察し、まねたということは、知性がある証拠だと思います。自分がなにも気づかず、ステーションでおちついて作業していたことを思うと、気分が悪くなりますよ。あの生物がそばにいて、わたしをまねるために見ていたのですから」

「プラズマ生物の本能的行動だ」指揮官が答えた。「それ以上の意味はない。知性ではないのだ。遭遇したら滅ぼさなくてはならない。でないと、殺される」

「あの塊りは、わたしになにをしようとしたのでしょう？」

「推測にすぎないが、プラズマ生物がヘルメットを開けていたら、きみはおそらくディック・フォローや女ふたりと同じ運命をたどっていただろう。やつらはきみの体内に侵入して、内側から変成させてしまうのだ」

「内側から食いつくされたかもしれませんね？」

「最後にはきみと同じ大きさになるだろうな」

ピート・ガーメシェイマーは吐き気をもよおしたような顔で、ヘルメットをつかんだ。

「用心しろ」指揮官が警告した。「いまはヘルメットを開けないほうがいい。これだけ慎重になる理由はわかってもらえると思うが」

ガーメシェイマーはうなずいただけだった。胃がむかついて、直立しているのもやっとだったのだ。

＊

「われわれ、正しい道を進んでいるのだ」コシャムが確認した。「わかっていると思うが」

「しかし、なにより損失をうけました」カメラームが答える。「実行した最初のコミュニケーションの試みは失敗し、われわれの細胞の一部は殺されました」

「原因は些細《ささい》なことだったかもしれません」コミュニケーション技術者は答えた。「二本足がなぜ射撃してきたのか、しばらくはわかりませんでした。しかし、われわれが返答できなかったせいで、攻撃したのだと思います。かれらにもわれわれ同様、言語があるのです。しかし、われわれにはそれが話せない。それで、またもや誤解が生まれたかと」

「われわれセレスプラマー人だって、共通の言語を話しているのに、それでもわかりあえない。誤解は積み重なるばかり」トルーランプが辛辣《しんらつ》に答えた。

「哲学的な問題ですね」コシャムがいった。「知性に関わる部分に困難があると思います。知性が高いほど、理解しえない危険も大きくなります」

「はあ」カメラームが感情を害したように笑って、「では、われわれはまったく話がかみあわないから、特別に知的だということだな」

「まさにそのとおり」コシャムは真剣に答えた。「原始的生物には、こういった問題は生じない。文化や言語が単純だからだ。しかし、文化が複雑になるほど、コミュニケーションも困難になる」

「では、われわれ、誇りをもって、このままの状態をつづけていいということだな」カメラームが皮肉をいった。

「そこまでだ」船長が命じた。「ほかに重要な問題がある。この基地を可及的すみやかに征服しなくてはならない。いま、すでに困難な状況にあり、時間が経過するほどむずかしくなる。すぐに計画を実行する手段がなくなるだろう。だから、われわれ、いま、攻撃をしかける必要がある」

「つまり、意思疎通をはかろうとするのはむだだということですね。あきらめるのですか。もはや平和的解決法は見いだせないと。なにをしようというので?」宇宙物理学者はいった。

「さらにイミテーションをためしてみよう」トルーランプが説明した。「そうして、宇宙島をすべて征服するまで、ひとりずつ相手を消していくのだ」

「では、ぐずぐずしていられません」と、コシャム。「わたしは銃撃してきた二本足を選びます。かれは明らかに高位の人物です」

「わかった」船長は答えた。「カメラームとわたしはべつのモデルを探そう」

# 7

ラモン・ギリーズは、反重力プロジェクターを使ってコンピュータをコンテナから出し、作業台に移動させた。宇宙市場の計算上の全体像に統合させる前に、機器をもう一度点検したかったのだ。

ドアが開き、指揮官のダリオ・スパウルがはいってくるのが見えた。

「ここはすべて順調です」ギリーズはいった。「怪物は見ていません。指揮官のところでなにがあったか、ジミーから聞きました。まったくいやな事件にちがいありません」

ギリーズはコンピュータをおろした。指揮官は隣りで立ちつくしている。

「すこし考えました」と、ギリーズ。「そのプラズマ生物には知性があるかもしれませんね。かれらが発する音をトランスレーターでキャッチすれば、わかります。だから、ひとつ用意しておきました。あれです」

ダリオ・スパウルが無言なのにギリーズは気づき、不思議に思って見つめた。

「どうしました？」

スパウルは黙ったままかぶりを振った。

「そうですか。なにかまずいことをしたかと思って」

ギリーズはコンテナからさらに部品を出すために、うしろを向いた。そのとき突然、背中にはげしい衝撃を感じ、作業台に投げとばされた。ぼんやりしながら、ふたたび立ちあがって向きを変えようとした。

指揮官だと思った者が、自分の上にかがみこみ、ヘルメットをうしろにひきあげたのがわかった。

冷たいものが顔を流れ、一瞬、目が見えなくなった。ラモン・ギリーズははげしい痛みを感じた。しかし、その痛みも、暗黒の闇に墜落すると思ったときには消えていた。

部屋のすみから、無数のゲル状の塊りが出てきて、技術者の開いた宇宙服に這うように侵入していき、からだのなかに消えた。ドアが開き、もうひとり男がはいってきた。

「順調か？」と、セレスプラマー語でたずねる。

「もちろん」コシャムは答えた。「わたしだと気づかれませんでした。不審にも思われませんでした」

「あなたの作戦がうまくいったな。なによりだ。わたしもひとりを死にいたらせ、卵細胞の一部をしこむことに成功した。このままいけば、まもなくわれわれの勝利だ」

セレスプラマー人二名は話をつづけた。そのあいだ、二名の足もとでラモン・ギリーズは分解され、さらなるセレスプラマー人があらわれた。

＊

「われわれ、連絡を密にしよう」イホ・トロトはダリオ・スパウルからルックアウト・ステーションでの出来ごとについて聞くと、いった。「全員が、たがいの居場所をわかっていれば、プラズマ生物の攻撃はそれほど効果がない」

「そのとおり」指揮官はうなずき、中央制御ステーションのそばにある主食堂に全員集合するように指示を出した。

「もっと早くこうしておけばよかったのだ」ハルト人はとがめた。

「いままで、それほど危険が深刻なものだと思っていなかったので」指揮官は認めた。

「遅すぎた決断とならなければいいのですが」

スパウルはわずか数分で、食堂に到着した。すでに百人をこえる男女が集合していて、全員、宇宙服を着用している。続々とほかの乗員も集まったが、しだいに間隔があくようになった。だれもがキイボードつきのモニターに向かって、個人データを入力している。

十分後、ここにいないのは女五名と男七名だけだとわかった。ダリオ・スパウルはその者たちを呼びだしたが、かれらがプラズマ生物の犠牲になったのは、すぐに疑いようもなくなった。

「未知生物に監視されていることを前提に考えなくてはならない」指揮官は話しはじめ、不愉快そうに周囲を見まわした。「かれらがルックアウトの征服をもくろんでいるのは確実だ。だが、現実にしてはならない」

「グレク1はなんといっている？」ハルト人がきいた。

「まだ連絡をとっていません」と、スパウル。

イホ・トロトは不審そうに鼻を鳴らし、

「では、連絡するときだ」と、怒ったようにいった。「これ以上待っていてはだめだ。こんな重大な問題を知らされていないなんて、マークスは怒るかもしれないぞ」

指揮官は唇をかみ、うなずいた。ハルト人が正しいと認めざるをえない。グレク1にとっくに伝えなくてはならなかったのだ。結局、自分とその建造部隊はルックアウトでは客にすぎず、マークスがステーションの主《あるじ》なのだから。

スクリーンに向かい、数字をいくつか打ちこんだ。

黄色がかったヴェールがスクリーン上にうつった。

「グレク1と話したい。できるだけ早く」

スパウルはクラーマク語で語りかける。

「了解した」低い声が答えた。

スパウルはスイッチを切った。

「それで終わりか？」イホ・トロトが不思議そうにたずねた。

「もちろん違います。さ、境界領域に行きましょう」スパウルはそういうと、武装した男十人についてくるように指示した。つづいて、「ほかの者たちはここにのこるのだ」

このとき、驚いてハルト人を見やった。宇宙服を脱いだからだ。

「わたしには不要だ」イホ・トロトは大声で笑った。「べつの方法で身を守れる」

トロトはあらためて笑い、こぶしでテーブルをたたいた。こぶしはテーブルの合板をつきぬけた。まるで、それがやわらかいプラスティック製であるかのように。破片が床に散らばる。

「申しわけない」ハルト人はあやまり、うしろめたそうにスパウルを見やった。「一瞬、ここが自分の船でないことを忘れていた」

ダリオ・スパウルは破顔した。

「あなたがどこかおかしくなったかと、すこしだけ思ってしまいましたよ。しかし、あなたも年をとったということですね。では、行きましょう」

指揮官はハルト人と武装した男たちとともに食堂を出た。近くの通廊でふた手に分かれ、それぞれ反重力プラットフォームに乗った。この輸送装置で数分間、ステーション内を進み、装甲プラスト壁の前についた。その奥で巨体が大きな鋼製シートにすわりこんでおり、黄色がかった煙がそのまわりにたちこめている。

ダリオ・スパウルは挨拶するように片手をあげた。

マークスの反応は、右手の指を軽くのばしただけだった。グリーンに輝く四つの目が、探るように指揮官を見つめる。

「わたしと話したいということだったな」装甲プラスト壁の上のスピーカーから、声がとどろいた。「それで、なにがあった?」

儀礼的な言葉のやりとりで時間をむだにするつもりはないようだ、と、テラナーは考えた。よし、こちらにも好都合だ。

装甲プラスト壁の向こう側の空気は、水素とメタンとアンモニアで構成されているが、ダリオ・スパウルはそれについてはまったく意識していなかった。全注意をメタンズの指揮官に向ける。

グレク1は身長二・五メートルほどで、マークスの平均以上の体格だ。筋骨隆々としており、その見た目や質素な環境など重要でないと思わせるようなオーラがあった。ほとんど色のない皮膚は薄いグレイの鱗《うろこ》でおおわれているが、そのうち足の部分の鱗はいくらかはがれ、床にころがっていた。りっぱな腕には力がはいっていないらしく、からだのわきに垂れさがっている。腕は長く、指先がはがれおちた鱗にとどいていた。

しかし、グレク1のもっとも印象的な部分は頭部だとスパウルは思った。頸はなく、胴体から直接つながっている。一方の肩からもう一方の肩に長くのびる、ふくらみのある半月形だ。頭の上部の細いラインにそって目が四つあり、それぞれ半円形の細い瞳孔をふたつずつ持つ。マークスはこの二重の瞳孔でうしろも前も見ることができ、つねに前後の出来ごとを把握していることを、スパウルは知っていた。気づかれずにうしろからメタンズを攻撃するという大胆な行動は不可能で、それ以上に、巨体の強大な力に直面することになる。

装甲プラスト壁の向こう側では、気圧も気温も異なっていた。マークスはテラナーと同じ条件では生きられないから。気温は確実に摂氏九十二度をこえている。マークスは水素を吸いこんで燃焼要素とする。そこにはメタンの微量元素もふくまれている。吐きだすのはアンモニアだ。気温が低いとアンモニアは液化してしまい、吐きだすことができないだろう。

「未知生物が侵入した」スパウルは話した。「プラズマ生物で、きわめて攻撃的だ。男女十二人が殺害されたと思われる」

スパウルは事件の経緯を説明した。

「問題はかんたんに解決できる」グレク1はいま聞いた話について、しばらく熟考してからいった。「相手が知性体ではないというきみの意見に同意する。知性体なら、違った行動をとったはず」

テラナーは困惑してわきを見やった。一瞬、黒い手袋か布きれのようなものがハルト人の片手からはなれて、飛びたったような気がしたのだ。しかし、イホ・トロトは毅然として隣りに立っていて、なにも気づいていないように見える。

錯覚だろう、と、スパウルは考えた。なんと奇妙で、ばかげた考えだ！

それでも、黒い物体がはずれたように見えたハルト人の手をよく観察してみた。もう片方の手となんら変わりない。

神経がまいっているせいだ！　この数時間の出来ごとで消耗している。幻を見たのだろう。

「かんたんに解決できる？　わたしにはそうは思えない。これまでの戦いでは困難をきわめた」

「未知者はきみたちと同じ、酸素呼吸生物だ」メタンズはいった。「宇宙服を脱いだのも、きみたちが提供している大気中で生きられるからだろう。あたえられたこの状況下で、未知者が非常に速く個体数を増やしているのは明白だ。ほかの方法でとめられなければ、かんたんな解決法がある。われわれときみたちの領域のあいだにあるエアロックを開ければいい」

スパウルは驚いてマークスを見つめた。

それでも、提案された方法は説得力があり、非常に論理的だ。

自分でも思いつけたものを……と、スパウルは自分を責めた。マークスのように考える努力を一度でもすべきだった。このグレク1はきわめて論理的な思考の持ち主だ。ほかの解決法など思いつきもしないだろう。

「あなたは正しい」指揮官は認めた。「劇的な解決法だ。これで、われわれの領域もすぐに安全になる」

「わかったなら、きっかり十五分後にわれわれはエアロックを開けよう」マークスは答えた。

ダリオ・スパウルは一瞬、未知生物に対してそのような攻撃が妥当か考えたが、自分には建造部隊の仲間に対する責任があり、ほかに方法はないと結論づけた。ステーションから未知生物を除去しなくてはならない。この妥協なき処置は正当なものだ。

「わかった。十五分後に」

スパウルは答えて片腕をあげ、

「ご協力に感謝する」と、別れの挨拶をした。

「おたがいさまだ」マークスが答えた。

「行こう」テラナーは仲間たちに命じた。

反重力プラットフォームは主エアロックに向かってもどっていった。

イホ・トロトは黙っていた。スパウルはときどきそちらを見やった。ハルト人が銀河系からはるか遠い銀河間の空虚空間になにをもとめてやってきたのか、説明があるのを待っていたのだ。しかし、巨漢は、そんな情報を出す必要はないと思っているようだった。

スパウルは、プラズマ生物の問題がかたづいたら、質問しようと決めた。

主食堂はしずまりかえっていた。一要員が、このあいだになにも変化はなかったと報告した。イミテーションはあらわれず、未知生物の攻撃もなかったという。

イホ・トロトはふたたび宇宙服を着用し、毒ガスにさらされないようにした。ガスはあと数分でルックアウトの、テラナーが占有している領域にはなたれる。

「マークスの領域へのハッチは、どう防御しているのか？」ヘルメットを閉じる前に、トロトはきいた。

「こちら側からは施錠しています。すでに通信指示で、エアロックは閉めさせました」

スパウルはそう答えて破顔した。

「わたしが用心がたりないと？　そんなことはありません。マークスたちは、わたしの同意なくしてはエアロックを開けられない。問題が起きても奇襲されることはありません」

「では安心した」

イホ・トロトはヘルメットを閉めた。

指揮官はモニター・スクリーンに向かい、ルックアウトの自分の管理下の指揮所につないだ。いまはだれもいない。スクリーンが明るくなり、制御設備の大部分が見えるようになった。

いくつか赤いランプが点滅している。

「指揮所に行かなくては」スパウルはハルト人にいった。「いっしょにきてください。急いで」

それ以上の説明もせず、ハルト人とともに目的地に向かった。一瞬、プラズマ生物が指揮所を発見したかと恐れたのだ。そうなると、宇宙駅の全領域に指揮所がどういう影響をおよぼせるか知られてしまう。しかし、そうではなかった。指揮所にはいると、スパウルはなにも変化はないのを見てとった。

制御コンソールの一連のレバーを倒していく。

「酸素を含有する空気を吸いだし、あらたな空気をとりいれる通風口を封鎖します」指揮官はいった。「混合ガスによる爆発は避けたい。ちいさな火花でも引火しますから」

スクリーンの数値が勢いよくさがっていく。空気が排出されているのをしめしているのだ。

「あと四秒」ハルト人がいった。

この最後の数秒は、またたく間に過ぎた。

マークス領域の水素とメタンの混合ガスが、うなるような音をたてて宇宙ハンザ領域の通廊やホールに吹きこんでくる。開いたドアや空調シャフトから、プラズマ生物にとっては毒になるガスが高圧で流れこんだ。

突然、室温が上昇した。通風口の前にガスの渦ができているのが目視できる。

数分後、指揮所もルックアウトのマークス管轄下の領域と同じ気圧になった。

「どれくらい待つ?」ハルト人がたずねた。

「二時間」スパウルは決断した。「それで、悪夢のような事件は終了するでしょう。徹底的に捜索して、プラズマ生物ののこりを除去します」

なにごともなく二時間が経過した。スパウルはインターカムでマークスに連絡し、かれらの領域のエアロックをふたたび閉めるようにたのんだ。封鎖終了という報告がすぐにあった。

スパウルは通風口のスイッチをいれ、外に通じるエアロックの内側ハッチと外側ハッチの一部を開放し、毒ガスを宇宙空間に逃がした。ステーション内の空気が充分に放出されたことを機器がしめすと、エアロックをふたたび閉めて、生命維持に必要な酸素を含有した空気を流入させた。

「誤りをおかしたのでなければいいが」と、考えこむ。

「誤りなどなかった」イホ・トロトがなぐさめた。「きみには部下たちの生命に対する責任があり、それを守るため、この徹底的な解決法を選ぶ必要があったのだ」

スパウルは、問題はすべて解決したようなしぐさをしたが、実際は違った。

「宇宙服を脱いでよし」インターカムで乗員に伝える。「プラズマ生物はもはや生存していないと考えられるが、本当にのこっていないか確認するのだ。三名ずつのグループに分かれ、未知生物の生きのこりを捜索せよ。そのあいだ、たがいにはなれないように。これ以上の人的損失は出したくない」

主食堂の男女はすぐに納得したようだった。三分以内に指示どおり三名ずつのグループを組み、食堂を出ると、プラズマ生物の捜索をはじめた。

これでダリオ・スパウルにとって、危険はのぞかれた。これからは型どおりの作業だ。二時間ほど前から考えていたべつの問題にとりくめる。ステーションの機器に損傷があったことをしめす赤いランプが点滅していた理由をつきとめたかったのだ。

「どうした、ちびさん？」ハルト人がたずねた。

スパウルはいくつかのランプを指でたたいて答えた。

「いくらか損害が出ています。すべてエネルギー・システム領域だ」

「たしかに」巨体が答える。ヘルメットを開いているが、宇宙服は着用したままだ。

「すぐに解決できるだろう」

「そうしたいもの」スパウルは指揮所に要員数人を呼び、ここからルックアウト全体を見張るように指示を出した。同時に女三名を通信・監視ステーションへ送った。ここ銀河間空虚空間に客があらわれるとはだれも予測していなかったにもかかわらず、この短時間で二隻の宇宙船が到着したのだ。さらなる船がルックアウトに着陸してもおかしくない、と、スパウルは考えた。だが、不意打ちはくらいたくなかった。

ハルト人とともにエネルギー・システム領域へ急いだ。ここではすでに多くの技術者が作業していた。

「すでに欠陥は見つかったか？」指揮官はたずねる。

スパウルも知っている、きわめて優秀な技術者のひとり、サリー・オニールが近よってきた。小太りでがっしりした体格だ。

「告白しなくてはなりませんが、ここでなにが起きているのか、いまのところさっぱりわかりません」と、サリーはいった。「エネルギー出力が低下しています。全機器は問題なく作動しているのですが。この矛盾にどう対処したらいいものでしょうか」

「なにか理由があるにちがいない」

「もちろんです」サリーは怒ったように答えた。「それはわかっています。ただし、まだつきとめられていませんが」

「つまり、機械に百パーセント、作動しているが、エネルギーはせいぜい三十パーセントしか発生しておらず、のこりの七十パーセントがどうなっているかわからないといいたいのか」

「はっきり述べてくれましたね」サリーは皮肉で答えたが、その攻撃の矛先《ほこさき》は指揮官ではなく、自分自身に向けられていた。欠陥のシュプールもまだ解明できないのが、腹だたしかったのだ。

「エネルギーがどこかに流出しているのだ」スパウルが考えこんだ。「しかも、そうとうな量が。そのぶんで宇宙船一隻を飛ばせられるほどの量だ。それは確定可能なのではないか？」

「確定は可能でしょう」いらだってサリーが答える。「もちろんそうです。ただ、そうするための知性がわたしたちにはないようで」

指揮官はひそかにほほえんだ。サリーはこのことがカタストロフィにつながると思っているようだ。だが、スパウルは技術的故障にすぎないと考えており、すぐに排除できるだろうと確信していた。サリーはこれまでとりくんできたどんな技術的問題も克服してきたのだから。

「あれこれ考えなくていい」指揮官はいった。

サリーは無言でうしろを向き、作業にもどった。

「エネルギーはどこから得ているのだ？」イホ・トロトがたずねた。「自分たちで生成していないのか」

「六十パーセントはマークスから提供してもらい、のこりは自分たちで生成しています」

「エネルギーが流出している場所は?」

「マークスとは関係ありません。それはすでに点検しました。欠陥はわれわれの側にある。場所はまだ不明ですが」

スパウルは困惑して答え、ハルト人を見つめた。

「いらだたしいのは、大量のエネルギー量がわけもなく消えていること。どこに消えたのでしょう? どこかにシュプールがのこっているはず」

イホ・トロトはエネルギーの行き場所がわかった気がしたが、黙っていた。

ブロンドの男がひとり、近よってきた。

「生物の残骸を見つけました」と、報告する。「水素でやられていました」

イホ・トロトと指揮官はその男について、ケーブルシャフトに向かった。そこには有機生物の塊りがあった。毒性のある混合ガスに明らかに不意打ちされたようだ。

スパウルは突然、罪の意識に苦しめられた。

ことを性急に進めすぎたのではないだろうか? トランスレーターで相手の正体を探るべきではなかったか?

しかし、ディック・フォローとモード・ボッシュュらの死を思い起こすと、平静をとりもどして命じた。

「分子破壊銃で始末しろ。みじんものこすな」

スパウルは振りかえり、イホ・トロトが姿を消しているのに気づいた。なぜ気づかなかったのかと、いぶかしむ。巨体の一挙一動で、つねに床は震動するのだが。こっそり立ちさったのかという思いがよぎり、破顔した。ハルト人がしずかに立ちされるとは想像もできない。

しかし、すぐにはっとした。

なぜ、そんなにこっそりいなくなったのか？

どうしてなにもいわなかったのか？　これまでずっとそばにいたのに。

「イホ・トロトはどこだ？」と、周囲の者にたずねる。

みな驚いて、指揮官を見つめた。だれも巨体が姿を消したことに気づかなかったのだ。

なにかがおかしい、と、指揮官は考えた。奇抜な思考が頭のなかをかけめぐる。

イホ・トロトとプラズマ生物がたてつづけにルックアウトに出現したのは偶然だったのか？　銀河系とステーションを隔てる遠大な距離を考えれば、数時間、数日間の差などまったく意味をなさない。

突然、足もとの床が揺れた。床プレートがたわんだようだった。ダリオ・スパウルはバランスを失い、肩から壁にぶつかった。

思わず叫び、腕をあげて支えを探した。

なにかが起こると予測する。

しかし、すべては先刻と変わりなかった。

ルックアウトは無限の空間のなかで、しっかり係留されているかのように、しずかだった。ステーションは微動だにしない。

スパウルはすわりこみ、両手を床につけた。なにか事件を知らせるような震動が感じられるかと思ったのだ。

「なにも感じない」と、唖然とする。「完全にしずかだ」

「信じられませんね」ジャン・コルペスが答える。プラズマ生物の残骸を発見した男だ。「なにかがルックアウトに衝突したら、余震のようなものがあるはず。爆発でも、宇宙船が乱暴に着陸した場合でも同じでしょう。しかし、震動が一度だけで、その後なにも影響がのこらないなどということは、ありえません」

# 8

イホ・トロトには、ルックアウト・ステーションのエネルギー供給に障害が起きた理由の想像がついていた。

例の手袋のエネルギー源について何度か考えたことがある。あの謎に満ちた物体の内部にそういった源がひそんでいる可能性はない、と、結論が出ていた。それにはあまりに薄くてちいさすぎる。手袋のなかにそうした設備があるとは考えられない。

しかし、手袋がエネルギーを消費しているのは歴然としている。

手袋が、数光年はなれたところにいたハルト船から《バジス》に飛んできたことを考える。その距離を最短時間でこえたのだ。つまり、超光速で宇宙空間を移動したということ。エネルギー消費量はきわめて大きかったにちがいない。

手袋のエネルギー源は恒星しかないだろう、と、ハルト人は考えていた。ほかの可能性はありえない。

しかし、銀河系から四十万光年、二百の太陽の星から十二万五千光年の距離にあるこのルックアウト・ステーションの近傍に恒星はない。供給源は皆無だ。ルックアウトのエネルギー・システムをのぞいては。

まさにそれが事実なのだ。

手袋がここでも悪事を働いていると思うと、気持ちがよくない。あの謎に満ちた物体は、なぜそれほどのエネルギーをぬきとっているのだろうか。明らかに貯めこんでいるにちがいない。

しかし、なんのために？

決定的なことが迫っているのを感じる。プラズマ生物が関係しているかもしれない。なにか前触れがあった可能性があるが、自分たちには理解できなかった。

手袋を探そう、と、ハルト人は決めた。なにかが起こったときに、無防備ではいたくない。

不安を感じながらハルト人は、セト＝アポフィスがルックアウト・ステーションを〝デポ〟とみなしているのかと考えたが、すぐにこの考えはしりぞけた。〝デポ〟は銀河系から遠くはなれている。銀河間のここではなく、宇宙の奥底にひそんでいるだろう。

そのとき、はげしい震動がステーションを揺るがした。

イホ・トロトはぎょっとして立ちどまった。近くでドアが開いた。軽く前かがみになり、さらに震動がつづくかどうか待つ。しかし、余波はなかった。

驚いて立ちあがり、先を進んだ。震動の原因を考えながら、一作業室にはいった。部品が散らばっているが、予定されていたポジトロニクスのとりつけは、すでに一部が完了している。

ハルト人は探るように見まわした。

テーブルの上にトランスレーターがある。白いランプが光っており、なにかが記録され、ポジトロン記憶装置にのこっていることをしめしていた。

イホ・トロトはトランスレーターを手にとり、記録を確認した。

はじめは理解不能な音がスピーカーから発するだけだったが、キイを押すと、インターコスモに変換された。

「順調か？」と、声が聞こえてくる。

「もちろん」と、もうひとつの声。「わたしだと気づかれませんでした。不審にも思われませんでした」

「あなたの作戦はうまくいったな。なによりだ。わたしもひとりを死にいたらせ、卵細胞の一部をしこむことに成功した。このままいけば、まもなくわれわれの勝利だ」

ハルト人は愕然としてスイッチを切った。

「すると、やつらは知性体だったのか。意思疎通をはかれただろうに」

この声がプラズマ生物のものだと、ハルト人は疑わなかった。

トロトはしばらく前から精神が自由な状態にあるのを感じていた。セト＝アポフィスは自分から手をひいたようだ。しかし、幻想はいだかなかった。この数週間の経験で、超越知性体から自分を守ることなどできないとわかっている。いまはセト＝アポフィスに歯向かうようなことはしない。

ダリオ・スパウルのことを考えた。

指揮官とは、友として旧知の仲だ。

この友が、自分のチームに対する責任感から失策をしでかしてしまった。

本人に話すべきだろうか？

プラズマ生物は知的生命体だったと伝えたほうがいいだろうか？

トランスレーターに記録されていた短い会話からは、未知生物の意図は明らかではないが、なによりまずステーションの征服をもくろんでいたのではないかという印象をうけざるをえない。しかし、その後のプラズマ生物二体の会話から、意思疎通ができなかったため挫折したことがわかった。

「場合によってはまったく展開が変わっていたかもしれない」と、荒々しい声でいった。

「だが、いまとなってに遅すぎる」

ハルト人は記録を消し、トランスレーターをテーブルにもどすと、

「真実は知らないほうがいい」と、つぶやき、部屋を出た。

しかし、好奇心が頭をもたげた。

この未知生物とその遠征の目的を知りたくなったのだ。なによりも、かれらがどこからきたのか、なんのために銀河間の空虚空間に漂着したのか、興味がわいた。

アンドロメダも銀河系もかれらの故郷ではないだろう、と、ステーションの通廊を歩きながら考える。かれらの宇宙船はちいさすぎる。そのような距離を航行する目的では建造されていない。

トロトはヘルメットをかぶり、エアロックにはいった。その後すぐに着陸プラットフォームに出ると、未知生物の宇宙船に接近した。

愕然とする。ルックアウト・ステーションの周囲が変貌を遂げていたのだ。

宇宙空間は漆黒ではなく、脈打つように点滅する謎の赤い光に満たされていた。

ハルト人は茫然と立ちつくした。

この現象をどう説明すべきかわからない。だが、マークスがおこなっている実験となにか関係があるのだろうと推測した。

ハルト人にはせますぎる未知宇宙船のエアロックを苦労してすりぬける。すぐに、自力では銀河間空間を克服できない技術を搭載した船だと見てとった。

ダリオ・スパウルの声がヘルメット・スピーカーから響いた。

「イホ！　イホ・トロト、どこにいるのです？」

「プラズマ生物が乗ってきた船のなかだ。興味がわいたのだ。どうやってここにきたか、知りたくてな」

「それで？　なにかわかりましたか？」

「すこし、奇妙なことが」ハルト人は答えた。「ちょうど機関室にはいるところだ。ここはせますぎるから、這って進んでいるが、すぐに判断できるものがある。こんなエンジンは、二千年前からすでにテラナーはつくっていない」

「それは関係ありませんが、だからこそ、プラズマ生物はここにきたのですね。いったいどれだけかかったことか、考えてみてください」

「そうだな」イホ・トロトは不思議そうに息をはずませた。「エンジンはひどく原始的で、超光速でないのは確実だ。これは恒星間宇宙船ではないぞ、スパウル」

指揮官はしばらく黙っていたが、ようやく口を開いてたずねた。

「あなたにはまったく問題がないのですか、イホ？」

ハルト人は哄笑《こうしょう》した。

「わたしがおかしくなったというのか。この宇宙船がここにある説明ができないから？」それ以上、話をつづけられなかった。この瞬間、宇宙駅をはげしい衝撃が何度か襲ったのだ。プラズマ生物の宇宙船が揺れて、数秒間、ひっくりかえりそうに思われた。

しかし、また騒ぎはしずまった。

「もうすこしここを見てみる」ハルト人はなにも気にしていないようにいった。「あとでまた報告するよ」

トロトはそれ以上スパウルになにもいわせないよう、通信を切る。苦労して宇宙船を這ってまわり、司令室を発見した。

皿状シートが三つあった。元来の乗員は三名で、その者たちが確固とした肉体を持っていない証拠だ。

ルックアウトにまたひとつづきの震動がはしったが、トロトは司令室の調査をつづけた。一時間ほど経過したころ、ようやくエレクトロン記録を発見することができた。遠征の意義と目的について、乗員がのこしたものだ。

さらに数時間かけて、セレスプラマー語を習得した。遠征隊がどこからきたのかスクリーンから読みとり、大胆な方法で時空をこえてきたことを知って驚愕する。

「なんということだ。このレベルの技術でできる範囲をこえている」

セレスプラマー人が滅ぼされたのが、残念に思えてきた。自分なら、かれらの遠征に輝かしい成功をあたえられていただろう。しかし、すでに遅すぎる。

無意識のうちに、考えこんだ。この宇宙船のブラックホール突破が、ルックアウト・ステーションの周囲で起きているエネルギー障害に関係あるのだろうか、と。

宇宙駅がふたたび衝撃をうけて揺れているなか、トロトは未知宇宙船を出た。しかし、ダリオ・スパウルのところにはもどらず、ハルト船にいるブルーク・トーセンのほうに向かった。

そこからテラナーの指揮官を呼びだし、ひとりでは解決できない技術的問題をかかえていることを報告した。

「さまざまな物資と修理ロボットが必要なのだ」

「用意します」と、スパウルは答えた。「あなたがここにきた理由を、話してくれるなら」

トロトは操縦席にもたれて笑った。

「わたしがそれを話せる状況にあると、本気で思っているのか、ちびさん？　ペリー・ローダンが許すなら、とっくに話しているさ。だが、極秘任務だと命じられた」

ダリオ・スパウルはこのような答えをすでに想定していた。

眉間《みけん》にしわをよせる。

「そういわれると思っていました。ですが、納得できません」

「すまない。これ以上は話せないのだ」

スパウルは微笑を浮かべた。

「よく考えたほうがいい、イホ。それとも、あなたが援助が必要な状況にいることを、思いだしてもらうべきですかな？　わたしがいなければ、あなたはここをはなれられないのですよ。ルックアウトと二百の太陽の星のあいだで立ち往生する危険を冒すつもりですか？」

「わたしの目的地がそこだと、なぜ知っているのだ？」

「推測です」

　イホ・トロトは哄笑した。

「必要なものを用意してくれ、ちびさん。きみ自身にとっても、きみの出世のためにも、そのほうがいい。もしどうしても情報を聞きだしたいなら、ペリー・ローダンと話してくれ。きっと、わたしよりは話をしてくれるだろう」

「そうします」

　指揮官は通信を切った。

「状況がかんばしくないようだな」会話を聞いていたブルーク・トーセンがいった。

「補完部品を調達できなければ、どうする？」

　ハルト人は嘆息して答えた。

「わからない。スパウルにたよるしかないのはたしかだ。かれがいなくては、われわれは終わりだ」

　はげしい衝撃がつづき、宇宙船が震動した。イホ・トロトは機器のスイッチをいれ、不思議そうに見つめた。スクリーンに、ルックアウトをらせん状にかこむ赤と黄色のエネルギー渦があらわれた。

「なんだ?」ブルーク・トーセンはいった。「こんなものは見たことがない」

「わたしもだ」

ハルト人はポジトロニクス機器を操作した。トーセンが隣りのシートに腰をおろし、「錯覚だろうか?」と、スクリーンをさししめした。「このエネルギー渦は実際には存在せず、スクリーンが障害をうけているだけなのか?」

「だといいが」巨体は嘆息した。「それならせめて説明がつく。しかし、これほどまでに……?」

船が震動し、トーセンは思わず首をすくめた。

マークスの宇宙駅は、体感できるほど明らかにかたむいている。数分、ひっくりかえりそうな状態がつづいた。重力フィールドのパターンが変化していくため、よけいその印象が強くなる。

「マークスが実験でもしているのか?」トーセンはなんとか耐えていた。「ルックアウトの重力フィールドをこんなふうに変えるなんて、かれらにも不可能だと思うが……」

途中で話をやめた。突然、ハルト人が両手を前につきだしたのだ。イホ・トロトはいくつものキイを押して、レバーを操作している。前にある無数の機器が急に忙しく作動しはじめた。

「スタートする」肌の黒い巨人はいった。「ここにはとどまらない」

こんな言葉は必要なかっただろう。

ブルーク・トーセンも同じように命令をうけたからだ。突然、心のなかで言葉が響いた。明確な言葉ではなかったが、それでもセト＝アポフィスがルックアウトからのスタートを望んでいるとはっきり理解したのだ。

イホ・トロトはどろくように笑い、建造部隊に映像通信をつないだ。眼前のスクリーンに若い女があらわれた。

「指揮官を出してくれ」ハルト人はいった。

女はうしろを向き、次の瞬間、スパウルがスクリーンからこちらを見おろして、

「どうしたんです？」と、たずねた。

「なんでもない、ダリオ、ちびさん」イホ・トロトは答えて哄笑した。「ただ別れの挨拶をいいたくてね」

最後のほうは轟音にかき消された。巨大な稲妻が、ハルト船に命中したようになった。ルックアウトの周囲が真紅に染まった。

「スタートするのですか？」スパウルは叫んだ。「だが、無理です。あなたの船は破損しているはず」

イホ・トロトは、テラナーの指揮官が冗談をいったかのようにふたたび哄笑した。

「状態は申しぶんない。無限の空間もこえられる。また連絡するよ、ダリオ」

スパウルはなにもいえなかった。映像が消えた。イホ・トロトがスイッチを切ったのだ。

「また連絡することになるかは疑問だな」ブルーク・トーセンがいった。「で、これからどうする?」

ハルト人は答えなかった。

急加速しながら、宇宙船はルックアウト・ステーションからはなれていく。

トーセンは、エネルギー渦からしだいに解放されるといいと思ったが、そうはいかなかった。宇宙空間が燃えあがるように見え、白い閃光が船をつつんだ。ルックアウトは異状なくとどまっているように見えたが。

トーセンはシートにしがみついた。

船ははげしい攻撃をうけたかのように揺れる。

突然、手袋がトーセンの隣りにあらわれた。トーセンはぎょっとしてのけぞった。一瞬、手袋が赤く光った。手袋からエネルギーが飛散したかのようだった。その後、手袋はまた黒い色にもどると、音もなく、イホ・トロトの周囲をまわり、その手におさまった。ハルト人の手は、手袋を待つかのようにわきにのびていた。

宇宙船の速度が上昇する。

映像探知スクリーンで、ルックアウトがエネルギー渦から出たのがわかった。エネルギーの炎は、ハルト船のみをとりかこんでいる。

「こいつは、われわれをのみこもうとしている」トーセンが叫んだ。「殺される！」

「違う」ハルト人は答えた。「われわれだけでは、必要なエネルギーを生成できなかった。だから外側から補充したのだ。すべては綿密な計画だった」

ハルト人は岩塊のように操縦席にすわっていた。どんなものにも動じることはないようだった。

宇宙船は最大価で加速していた。超光速航行にはいる瞬間が急速に迫る。

トーセンは目を見開いた。ハルト人が銀河系ではなく、明らかにアンドロメダに向かっているとわかったのだ。

百万光年以上を、ハルト人はこの破損した船でこえるつもりか？　トーセンは顔を両手でおおった。だめだ。不可能だ。

船が雷のようなものに打たれて震え、トーセンは手をおろした。壁がきしみ、装甲プラストにひびがはいる。あちこちで赤いランプが光る。スクリーンが消えて、警報がけたたましく鳴りひびいた。

ハルト人は跳びあがり、両手で頭をかかえた。トーセンはシートから倒れ、目の前が真っ暗になった。意識を失う前に、ハルト人が床にころがったのが見えた。

トーセンがふたたび目をさますと、スピーカーから金切り声が響いていた。色鮮やかなヴェールが、トーセンと、うめきながら床から立ちあがったイホ・トロトのまわりで揺れている。

突然、トーセンは、あらたな情報を得たと信じた。なにが起きたのか、その一部は理解できた気がした。

ツインクエーサーのことが思い浮かぶ。それが〝デポ〟ではないと、トーセンにはわかった。ツインクエーサーはセト＝アポフィスによって、いわゆるプシオン・リフレクターとして使われたのだ。

このリフレクターはかつて、セト＝アポフィスのプシオン性ジェット流のミラー・フィールドだった。セト＝アポフィスを探す敵を誤った方向へ導くための標識灯として使われたということ。

〝デポ〟は正反対の場所に位置する、まったくべつのものだと、トーセンは気づいた。

急にしずまりかえったイホ・トロトに話をしようとした。船はしずかに進み、震動もやんでいる。スクリーンが明るくなったが、星々は見えない。クリスタルでできているようなグレイの壁がはてしなくつづいている。

愕然として、トーセンは立ちあがった。

「ここはどこだ？」と、ささやく。

壁には不規則なかたちの穴があいていた。どう見ても技術的につくられたものではない。ガスの噴出で穴があいた溶岩の塊りを思わせる。

船は明らかにこの穴のひとつに向かって進んでいた。

イホ・トロトは制御コンソールに急ぎ、スクリーンのカメラを切りかえようとした。しかし、失敗した。スクリーンには奇妙な謎に満ちた壁がうつるだけで、ほかのものは見えなかった。ハルト人もブルーク・トーセンも、宇宙のどこに自分たちが到着したのか、まったく見当がつかなかった。

# M-3への進撃

クルト・マール

**登場人物**

ペリー・ローダン……………………………宇宙ハンザ代表
ジェン・サリク………………………………深淵の騎士
ジェフリー・アベル・ワリンジャー………ハイパー物理学者
フェルマー・ロイド…………………………テレパス
ラス・ツバイ…………………………………テレポーター
グッキー………………………………………ネズミ＝ビーバー
イルミナ・コチストワ………………………メタバイオ変換能力者
マルチェロ・パンタリーニ…………………《ダン・ピコット》艦長
ニッキ・フリッケル
ウィド・ヘルフリッチ ｝…………………同乗員
ナークトル……………………………………同乗員。スプリンガー

# 1

「それで、かれはウーリカーに〝情報が必要だ〟っていったの。〝おまえが口を開くか、わたしがおまえののどから舌をひきぬくか、どちらかだ！〟って」ニッキ・フリッケルは、自分の話題に夢中になりはじめていた。肘をテーブルについて、身を乗りだす。すこしとろんとした目で、穴をうがたんばかりに向かい側の相手を見つめた。「で、ウーリカーは、なんて答えたと思う？」

話の聞き手は、ニッキよりも二、三杯ぶんだけしらふだが、ウーリカーの返事などまるで見当もつかなかった。そもそも、ウーリカーとは、なんなのだ？　しかも、どうして自分がニッキ・フリッケルの波瀾万丈の人生における一エピソードを聞く栄誉を得たのか、かれにはよくわからなかった。

「さあね。なんといったんだ？」と、たずねた。

「わっはっは！」ニッキが哄笑《こうしょう》し、周囲の者は驚いて視線を向ける。「わっはっは！　それだけよ。ウーリカーたちは、そのおしゃべりにたいした意味を感じていなかったの。で、わが友はというと？」かれは、ウーリカーの頸ねっこをつかんで、ベルトに押しつけ、のどを大きく開けさせると、手をつっこみ……」

テーブルの向かいの男は、ぞっとするとばかりに手を振った。

「……舌をひきぬいたのか？」避けられない展開におびえながら、かれはきいた。

ニッキは軽蔑の表情をうかべて見つめる。グラスをかかげ、中身をごくりと飲むと、大きな音をたててテーブルにもどした。

「ばかね！　ウーリカーには舌なんてないのよ」

だれかがくすくす笑いはじめたが、ニッキの会話相手は顔をしかめた。

「この女をつまみだせ！」と、妙に怒る。「彼女の話は聞くにたえない！」

ニッキは、狙いのさだまらない指を相手の顔につきつけた。

「やきもちをやいてるのね。わたしの半分も経験がないから、なにも話せないんでしょう。あなたのことは一年前から知っているけど、そのあいだ、一度も外に出ていないもの！」

「きみは、ひょっとして出たのか？」男がひやかす。

「いいえ。でも、近いうちにそうなるわ」ニッキの隣りのテーブルにすわる客が、驚いて耳をそばだてている。「重要事項だから、極秘なのよ」

　ニッキの会話相手は拒絶するように手を振った。

「きみもわたしと同じで、ほとんどここを出たことないだろう、ニッキ。誤った期待はいだくな」

「賭ける？」ニッキ・フリッケルは大胆にいった。「十日以内に、わたしが大規模な航行に出発する、と」

「用心しろよ！」ニッキの隣りの男が押し殺した声で警告する。

　挑発された相手はにやりとして、

「きみたち全員、聞いていたな？　いいぞ、のった。猶予は十日間だ、ニッキ。賭け金は？」

「五百ギャラクス！」だれにもとめられないうちに、ニッキは答えた。

「よし、五百ギャラクスだな」相手が確認する。

　ニッキの右側にすわる赤毛に赤い髭《ひげ》づらの体格のいい男が、彼女の肩にそっと手を置いた。

「そろそろ時間ではないかな」やさしくいう。

　ニッキは空になったグラスを疑うように見つめると、

「そのとおりね、ナークトル」と、答えて立ちあがった。

ニッキは長身瘦軀《ちょうしんそうく》で、いくらか骨太の体格だ。角ばった顔には独特の魅力があった。髪は短く男のような風貌だったが、その外見から男みたいだなどと思う者は、彼女をよく知らないということなのだ。

赤毛のナークトルは、出口まで彼女につきそった。そのうしろから、ニッキと同じテーブルについていた者たちがくる。全員、スター級巡洋艦《ダン・ピコット》の所属メンバーだ。外は、熱帯夜が終わりに近づいていた。東の地平線に明るい光が帯状にのびて、夜明けを告げている。ニッキ・フリッケルは両腕を上にのばして、あくびをした。

「いい天気になりそうね」

「ニッキ、きみはなにか、われわれが知らないことを知っているのか?」ナークトルは慎重にたずねた。

「そうだ。それをわたしも聞きたかったのだ!」と、いう言葉が、ひとりの男の口からもれる。瘦《や》せこけてひょろ長く、印象的なほど醜い馬づらだ。

「知っている? なにをわたしが知っているというの?」ニッキが驚く。

「数分前に五百ギャラクスを賭けただろう、重要な極秘事項について」ナークトルが、助け船を出す。

「ああ、そのこと!」ニッキはほがらかに笑った。「そんなにまじめにわたしの話を聞いちゃだめよ、ばかね。あれはただの冗談。五百ギャラクスってなんのこと?」

「ニッキ、きみはどうかしているんじゃないか」馬づらの男はいった。本気でいっているらしい。「きみをひとりにはできない。さ、部屋に連れて帰るぞ」

ニッキはこの提案を真剣に考えなくてはいけないかのように、相手をじっと見つめると、脅すようにひとさし指を立てた。

「ウィド・ヘルフリッチ、あなたの汚染された脳に、どれだけけふしだらな思考がうごめいているか、わかってるわ。そんなの、なんの役にもたたない。いいわね？」

馬づらの男は、痩せた腕の先にある巨大な手を動かしておじぎをし、運命にしたがうことをしめした。

＊

そのせまい部屋には窓がなく、調度品はきわめて実用的だった。人工重力フィールドでルナの低重力を補い、地球の通常レベルまでひきあげている。大きなスクリーンには、人類がその英知にあやかりたいと考えて〝ネーサン〟と名づけたハイパー・インポトロニクスのシンボルが光っていた。

ペリー・ローダンは、向かいあってすわっているかのようによく響く声に聞き耳をたてて、話が終わるといった。

「すると、疑いの余地はないのだな？」

「考えられるかぎり最高の判断において、まちがいありません。データの確定に使われた座標系は明らかにそうとう昔のもので、のちに変動が生じています。しかし、記載された物体の特性は変わっていません」

ペリー・ローダンは視線を落とし、

「M-3」と、つぶやいた。「われわれの故郷星系の目と鼻の先だ」

「テラからほぼ三万四千光年はなれています」声がつけくわえた。「銀河系のハロー部にある球状星団で、宇宙最古の天体のひとつです」

「五十万の星々か！」ローダンは声を荒らげた。「すべてを調査するのは不可能だ。かくれ場のある星系をしめすようなヒントはないのか？」

「それは要求が高すぎます、ペリー・ローダン。自分でもおわかりですね」声が親しみのこもった叱責の調子になる。「M-3と特定するだけでも、たいへんな作業でした」

「だが、座標データがあるではないか」ローダンは意見を曲げなかった。「それが実際のかくれ場をしめしているのでは？　たとえ、古い座標系に関係していても」

「データ解読を試みるたび、その反証となるような情報が、かなり出てきます」ネーサンは認めた。「解読できたとしても、意味はないでしょう。ポルレイターによる座標系が定義されたのちに、銀河系とハロー部のポジションが変わったことだけが理由ではありません。M-3内部の恒星が固有運動をしているからです。それは長いあいだ、解釈がされていないものなのです」

ペリー・ローダンはベルトにつけたケースに手をすべらせた。ライレの〝目〟をとりだす。ほどなく、ふたたびテラにもどるだろう。自分を待つ者たちのもとへ。ネーサンの話を伝えたら、かれらはどう反応するだろうか。

「記録ディスクをたのむ」ローダンはいった。

かちりと音がして、テーブルの溝に、一ステラー硬貨大のちいさな輝くディスクがあらわれた。ローダンはそれをとるとポケットにしまい、

「ありがとう、友よ」立ちあがりながら、礼をいった。

「インポトロニクスに礼は不要です」ネーサンは答えた。「ですが、あなたの幸運を祈ります。あなたと人類の幸運を」

ローダンの唇にからかうような笑みがうかんだ。

「幸運がどんなものか、本当にわかるのか?」

「ときどき、わかるような気がします」声が答えた。

＊

こちらの部屋はよりひろく、調度もととのっていた。大きな窓があり、テラニア・シティの町のシルエットを眺めることができる。

「すると、かれらはずっと、われわれのすぐ目の前にいたというわけですな」レジナルド・ブルがいった。「そこでわれわれの一挙一動を監視していた。われわれは、まるで……」

「解剖台の上のネズミだな」ペリー・ローダンは親しみをこめてからかうようにつけくわえた。

「そう、そんな感じです」レジナルド・ブルは不機嫌そうに認めた。

「気分を害したならすまない、レジー。だが、きみはひとつ見逃している。ポルレイターがもうとっくにいないかもしれないという可能性だ」

ブルは驚いて顔をあげた。これまで無言で会話を聞いていたジュリアン・ティフラーも同様だった。

「ポルレイターは深淵の騎士の前から存在していた」と、ペリー・ローダンは話をつづけてほほえんだ。「最近になって、新しい騎士がふたり誕生したが、それはわれわれの考察にはなんの関係もない。ポルレイターは深淵の騎士が登場する前から活動していた。だから、生きているポルレイターがもはや存在しないという推測も当然、成立する」

「では、なぜわれわれはM‐3へ向かうので？」レジナルド・ブルの質問が即座にはなたれた。

「かくれ場の発見が重要だからだ……かれらがのこした情報の発見も」ペリー・ローダ

ンは答えた。「セト＝アポフィスとの対決は間近に迫っている。宇宙の関連を理解するのに手助けになるものすべてが、役にたつのだ」

「心は決まっているようですね」ジュリアン・ティフラーがいった。「すでに準備しているのでしょう」

「できるかぎりな」ペリー・ローダンは破顔した。「宇宙ハンザが必要なものすべてを提供してくれる。だが、この計画は宇宙ハンザだけでひきうけないことが重要だと、わたしは思う。自由テラナー連盟も関係してくるのだから」

「当然ながら、首席テラナーにはある程度の個人裁量の自由があります」と、ティフラーがいう。「計画の規模は？」

「その問題には、わたしもおおいに頭を悩ませた」ローダンは認めた。「不測の事態のさいに力を発揮する巨大な部隊にするか、あるいは、大艦隊なら目だつような場所を、気づかれずにすりぬけられる小規模の偵察隊にするか。結局、中間をとると決断した。最新型の艦船からなる一艦隊と、充分な兵装を持つ高速艦一隻が必要だ。艦隊は目的地のすぐそばに予備軍として待機し、実際の調査はわたしが高速艦でおこなう」

ジュリアン・ティフラーは記録フォリオにメモをとっていたが、ローダンの話が終わるといった。

「ＬＦＴ艦隊の出動を許可するには、認可委員会への連絡が必要です。しかし、あなたの特殊艦は、すぐに用意できます。ワイゲオ島の艦隊基地にある最新型のスター級巡洋艦です」

「よし」と、ローダン。「その艦の名前は?」

「《ダン・ピコット》です」

*

ニッキ・フリッケルが目ざめたときは午後になっていた。暗くした二重窓の偏光を消し、青くひろいフィリピン海を眺めて目をしばたたかせた。彼女がLFT艦隊のほかの将校二百人弱とともに宿泊している建物複合体は、幅八十メートルの輝くほど白い砂地の南端にそびえていた。ニッキはあえて、砂地には目を向けなかった。太陽の反射光で目がくらむからだ。左のずっと向こうに、カウェ島の割れ目の多い輪郭が見える。その奥の、ニッキの部屋からは見えないところに、巨大なプラットフォームがのびていて、そこをLFT第二艦隊が宇宙港および基地として使用していた。

ひどい気分だ。昨夜は飲みすぎて、最後には疲れきったせいで、理性的にすごしたとはいえない夜の結果をおさえる薬の服用を忘れていたのだ。常備薬ボックスに向かいながら、生活スタイルをあらためなくては、と、考える。志を同じくする《ダン・ピコット》の乗員たちとの夜の酒盛りは楽しいが……宴会は、自分の生活が正しくないとわかること以外に、なにももたらしてくれない！　とはいえ、孤独感をまぎらすために、ニッキには宴会が必要だった。しかし、孤独のなにがいやなのか？　あまりに早く、生活を仕事に捧げると決め、人生の伴侶《はんりよ》がそばにいる快適さをあきらめてしまったが、当初からこうなるとわかっていた。なぜ、いまになって耐えられなくなるのだろうか？　からだの声は、この生活スタイルに賛成できないと訴えていた。その声は聞かなくてはならないだろう。常備薬ボックスの前に立ち、二日酔いに効く発泡錠剤を出すキイを押したとき、このようなタイプの錠剤を次にのむのは早くても一週間後にしよう、と、思った。まともな考えだ。

赤い警告ランプがともった。この薬は品切れだった。

「なんてこと」ニッキは痛む頭をかかえながら仕事部屋にもどった。小型スクリーンつき制御コンソールのうしろにある、居心地のいいシートに身を沈める。

ニッキの呼びかけに応じて、データ機器が作動した。グリーンのスイッチを操作して、買い物情報を表示させた。リストがスクリーンにあらわれ、ゆっくり上昇していく。

〝薬〟という単語があらわれた。

「とまれ」と、ニッキが声をかけると、画面が一時停止した。キイを押して、目的の行にマークを動かし、ひとさし指をのばして送信スイッチをたたいた。一瞬、画面が明滅し、ふたつめのリストがあらわれた。こちらには、薬を購入するためのさまざまな方法がしめされている。〝常備薬ボックス〟という言葉がスクリーンに出たとき、ニッキはまた「とまれ」と、いった。マークをふさわしい場所に移動させるとすぐに、ロボット音声とわからないほど巧みに調整された声が響いてきた。

「常備薬ボックスの補充をお望みですね？」

「そうよ」ニッキは答えた。

「どんな薬でしょうか？」

「全般的にたのむわ。たぶん、どの薬もそろそろなくなるから」

「あなたのボックスの在庫調査をしてもよろしいでしょうか？」

「もちろん。ほかにどんな方法で、不足分をたしかめるというの？」

常備薬購入用のマシンは、こんな会話を楽しむような知性は持ちあわせていない。

「在庫調査を実行します」マシンは淡々と答えた。「支払い方法の指示をお願いします」

「わたしの銀行口座情報を先に知っておくような賢さはないの？」ニッキはうなった。

この言葉に、マシンは奇妙な反応を見せた。システムの利用者が同じような質問をくりかえしているからだろう。システム管理者は、とうとうそれに応じる回答をプログラミングしたようだった。

「自由テラナー連盟憲法第五条第十九項により、個人・法人にかかわらず市民の資産状況に関する情報を、公的データシステムが自由に使用することは禁じられています」

「上手にいえたわね」ニッキは重い頭でうなずいた。

銀行へのアクセスを指示すると、一瞬で、最近取引した口座履歴がスクリーンにあらわれた。

ひとつの記録に特別に興味をひかれる。

〝NGZ四二五年五月二十日 振込送金……五百ギャラクス、メッツ・ウェイル 残高……千八百九十二ギャラクス三十五ステラー〟

「まったく」ニッキはつぶやいた。「だれなの、メッツ・ウェイルって。わたしの口座に五百ギャラクスをどうして振りこんだの？」

「支払い方法の指示をお願いします」マシンの声がうながす。

「口座番号はわかったでしょう」ニッキは銀行の最後の履歴をにらんだまま答えた。

「わかりました」と、マシン。

「その口座から、お金をとりなさい！」

＊

午後の会議に、ニッキ・フリッケルは半時間ほど前に姿をあらわした。五百ギャラクスという謎の送金のせいで、心がおちつかない。昨夜、この金額が話に出たことを思いだした。しかし、ぼんやりした情報しか記憶にない。

中規模の快適な会議室にはいったとき、《ダン・ピコット》の乗員三名がすでにその場にいた。赤い髭《ひげ》を生《は》やしたスプリンガーのナークトルと、馬づらのウィド・ヘルフリッチは、ニッキたちが週に三、四回、通うワイゲオのバアの常連グループのメンバーだ。これに対して、百八十九歳の天文学者アーネスト・ブリーベスカは、《ダン・ピコット》では分別のある部類の乗員だった。長いテーブルのはしにすわって古めかしい本を読みふけっており、ニッキがはいってきたときも気にとめなかった。一方、ウィド・ヘルフリッチは跳びあがって、侍従長のような身ぶりで大げさにいった。

「みなさま、予言者閣下のお出ましです！」

「ばかなまねはやめて、ウィド」ニッキは拒絶するように手を振った。「だれか、メッツ・ウェイルって何者か知っている？」

「うまくやったじゃないか」ナークトルはいって、にやりとした。

「え？　なんの話をしているの？」

「どうやら、まったくおぼえていないようだな」ウィド・ヘルフリッチは唖然とした。

「メッツ・ウェイルは《センコA》の次席航法士だよ」ナークトルが説明する。

意識の奥底で、ある記憶がかたちづくられるのを、ニッキは感じた。すこし気むずかしい会話相手、ウーリカーについてのばかげた話、賭け……

「なんてこと」ぎょっとして、ニッキはつぶやいた。

この瞬間、アーネスト・ブリーベスカが本をわきにやり、もったいぶった口調で話しはじめた。

「心配無用だ。一般的に軽率だと判断される行動は、超能力のあらわれだったと正体が露見するもの。きみの謎に満ちたエネルギーは、どこからくるのかね、ニッキ？　全宇宙の精霊によるものか……」

「お願い、黙って！」ニッキはうめいた。「精霊は、マティーニかラム酒にはいっていたんだわ……ああ、なにが起きたの？」

「きみの予言が的中したんだ」ナークトルが事務的に答えた。「《ダン・ピコット》は大々的な航行に出発する。テラニアからしかるべき指示が、三時間前にとどいた。メッツ・ウェイルはそれを知り、紳士的にすぐに賭け金を支払ったのさ」

ニッキ・フリッケルは手を額に押しあててうめいた。

「わからないわ！　わたしが予言者なんて！　それで、航行の行き先は？」

「さ、話はそこまで！」ウィドは怒ったふりをしていった。「きみはこうも予言したじゃないか、この作戦は極秘だと」

## 2

ペリー・ローダンは大探知スクリーンを眺めた。その目には奇妙な輝きが宿っている。ほぼ三百隻の宇宙船の映像を明らかに満足そうに見ながら、この数秒間、なにを考えているのだろうか。複合艦隊は、LFT四艦隊の旗艦の一隻である直径二千五百メートルの《ラカル・ウールヴァ》のほか、直径千五百メートルの星雲級が十隻、スター級が《ダン・ピコット》をふくめ百隻、コグ船が百隻、五十隻の軽ハルク船と二十隻の重ハルク船で構成されていた。旗艦《ラカル・ウールヴァ》の艦長はブラッドリー・フォン・クサンテンだが、複合艦隊そのものは、ロナルド・テケナーとジェニファー・ティロンの指揮下にあった。

ペリー・ローダンは特殊部隊の一団を《ダン・ピコット》に同乗させていた。メンバーは、フェルマー・ロイド、グッキー、ラス・ツバイ、ジェフリー・アベル・ワリンジャー、ジェン・サリク、カルフェシュ、アラスカ・シェーデレーア、イルミナ・コチストワだ。

「たったいま、第一航行段階が終了した」と、ローダン。「われわれ、銀河系の主平面の外側六千光年のところにいる。ハロー部の境界だ。テラとの最後の通信で、銀河系の諸種族にはわれわれのスタートは知られていないとわかった。計算では、二十五時間後に目的地に到達する」

ローダンはフェルマー・ロイドの問いかけるような視線に気づき、発言をうながした。

「この作戦をそれほど極秘にする理由がよくわかりません。銀河系諸種族の心の安らぎのためといいますが、だからこそ、こうした浪費をするのは……」ロイドは困惑したしぐさを見せた。

「諸種族のことを考えてではない、フェルマー」と、ローダンが答える。「われわれがノルガン・テュア銀河、とくにケスドシャン・ドームを訪れてから明らかになったのは、ポルレイター組織とのちの監視騎士団が駆使していた知識と技術的方法を、セト＝アポフィスがおのれの目的のために利用しようとあれこれ試みたことだ。わたし自身、例の奇妙な手袋を持ち帰り、いまは学者たちに調査させている。おのずと判明したのだが、ポルレイターの捜索は秘密裡《ひみつり》にやらなければならない。セト＝アポフィスには、工作員と諜報専門家による大軍団がついている。かれらを闇にとどめておかなくては。けっして明るみに出してはならない」

フェルマー・ロイドが礼をいうようにうなずくと、ラス・ツバイが手をあげた。

「わたしはずっとべつの疑問が気になっています」と、長身のアフロテラナーはいった。「チーフの知らせをうけてから、われわれが球状星団M‐3についてどれだけ情報を持っているのか、興味がわいて調べたのです。わたしがどれだけ驚いたか、想像してください。コンピュータが出したのは、じつに貧相な内容でした。最新のデータが旧暦三〇〇〇年ごろのものなのです」問いかけるような視線に、信じられないという気持ちが宿っている。「つまり、われわれ、これまでそこへ行ったことがなかったわけですか？」

「まさにそのとおりだ、ラス」ローダンは破顔した。「わたしが知るかぎり、M‐3には一度もテラの宇宙船は航行していない。理由は、コンピュータがきみに出した情報のなかにある。アルコン人種族は、アコン人から逃れてM‐13にかくれたのち、隣接するハロー部を調査しはじめた。その対象のひとつに、M‐3もあったのだ。かれらは、M‐3がもっぱら、非常に古い星々……重い元素のすくない種族IIの恒星のみからなりたっていることを確認した。このような球状星団で、高度に発展した文明にとって役だつもの、あるいはなにか意味のあるものが発見されうる可能性は、ほぼゼロに等しい。たとえば、重い元素の不足は、有機生物、とりわけ高度に発達した生命形態の発生を妨げる。さらに、M‐3ではひどい重力嵐のせいで操縦がかなり困難だということもたしかめられた。アルコン人種族は球状星団調査のあいだに多くの船を失い、最終的に調査は中断された。かれらの航行による考察は、われわれにとっても有効だった。それゆえ、われわれはM-3には関わってこなかった」

「未開の地ですね」と、ラス・ツバイ。

「特別な未開の地だよ」ジェフリー・ワリンジャーが口をはさんだ。「年をへた球状星団は、ふつうは安定している。何十億年もの年月のあいだに、内部の不安定さを克服し、平衡状態を見いだすのだ。しかし、M-3は、アルコン人の報告によれば、きわめて荒々しい若者と同じ。われわれ、きのう生まれたばかりのような行動をする古い球状星団を相手にすることになる」

「それはかならずしも偶然ではないはず」

この旋律的な声は、非テラナーのメンバーふたりのうち、ひとりが発したものだった。カルフェシュ……コスモクラート、ティリクのかつての使者である。長身痩軀で、ヒューマノイドだが、エキゾティックな風貌だ。顔は麦藁色《むぎわらいろ》で、ちいさな八角形の鱗《うろこ》のような皮膚片でおおわれている。鼻の部分には穴がただひとつあいており、生体フィルターがついていて、呼吸するたびに軽く音をたてた。このソルゴル人のふたつの目は青く輝いており、眼窩《がんか》から四分の三が外に飛びだしていて、顔を動かさなくとも百八十度の空間を見わたすことが可能だった。唇のない口から出る声はやさしく、おだやかなヒュプノ作用をもたらすこともできた。

多くの驚きの視線が、コスモクラートのかつての使者に向けられた。

「どういう意味？」イルミナ・コチストワがたずねる。

「驚くべきことだ」カルフェシュは答えた。「アルコン人の宙航士がそのような厄介な航行条件に苦労した一方、テラの宇宙物理学者は、精密な計測方法により、M－3に異常はないと確認しているのだから。重力嵐というのは、アルコン人が説明したように、宇宙物理学者の計測機器が見逃すはずのない現象であるはず」

「それで？」ジェン・サリクがきく。その地味な外見からは、かれの身分が深淵の騎士とはわからない。

アラスカ・シェーデレーアのつけるマスクの目の隙間から、光がもれた。

「つまり」転送障害者はいった。「球状星団M－3の奇妙な特性は、ある時期だけ表面化するということだな。異物体……たとえば宇宙船……が、球状星団に侵入した場合などに。それをカルフェシュはいいたいのだ。納得のいく考え方だと思う。ポルレイターが実際にM－3をかくれ場にしていたら、あつかましい訪問者や好奇心を遠ざける工夫をしたにちがいない」

「すると、重力嵐はポルレイターの防御兵器か？」ジェン・サリクがたずねた。

「そう推測できる」アラスカはうなずいた。

「やれやれ、わかったよ！」ここまでひと言も会話にくわわらなかった者が発言した。ネズミ＝ビーバーのグッキーだ。「つまり、目の前になにかがあるってことだよね」

ペリー・ローダンは親しみをこめてうなずいて、いった。

「のんびりした散歩が待っているというわけではないようだ」

＊

重大な問題について討論がかわされていた場所から遠くないところで、《ダン・ピコット》搭載艇の第一艇長をつとめるニッキ・フリッケルは、首席通信士タン・リャウ＝テンが勤務する小キャビンに移動していた。リャウ＝テンは、データの精査にとりくんでいて、キャビンにはいってきた者を一瞥《いちべつ》したが、作業の手は休めなかった。ニッキは、この小柄で華奢《きゃしゃ》なアジア人の性質を心得ていて、すわり心地のよくないシートに腰をおろし、辛抱強く待った。数分後、リャウ＝テンはキイをたたいて作業を終えると、客人のほうを向き、

「西洋からきた悪女が、なんの用だ？」と、いいながら、親しげににやりとした。アジア人には二千年以上も昔からなじみの表情だ。

「興奮しない？」ニッキはいった。

「なにが？」

「ペリー・ローダンと同じ艦で航行することよ！」

リャウ＝テンは当惑したように、

「名誉だとは思うかもしれないが、興奮するとは？ セレー・ハーンがとうとう、わたしの招待に応じてモンゴルの火鍋を食べるといったら、かなり興奮するだろうけどな」

セレーは次席艦長代行である。古典的な美女で、〝まじめな既婚者〟といわれる存在だった。ニッキは手を振った。

「セレーに期待しているなら、興奮を感じることになんて、ぜったいならないわよ」

アジア人はため息をつくふりをして答えた。

「わかっている。だが、夢くらいみたっていいだろう」と、ニッキを鋭く見つめた。

「で、なんの用だ？」

「話しにきたのよ。退屈だろうと思って」ニッキは憤慨したように、「まだ、しばらくは……」

「ばかな話はやめてくれ、短髪のお姉さん！ きみのことはよくわかっている。ちいさな中国人をなぐさめるためだけに、つまらない通信室にきたりはしないだろう。それで……用は？」

どちらも本気で話していたわけではないのに、会話はきわめて重要なほうに向かっていた。ニッキは負けたとあきらめたようだった。

「わかったわ。どこに行くのか、知りたいの」ニッキはこう答え、理解できないというようなリャウ＝テンの目を見ると、突然、怒りだした。「搭載艇の艇長が、航行の行き先を知ってはいけないの？」

「知る必要はない」アジア人は事務的に答え、ニッキの忍耐力は試練をうけることになった。

「搭載艇を出動させるように要請されるまでは」

リャウ＝テンはデータ機器に向かうと、キイを操作した。スクリーンに一連の記号がならぶ。

「だが、いいことを教えてあげよう」

「いいことを教えてくれるですって！」ニッキは立ちあがった。「なぜ、いまになって、いきなり？」

リャウ＝テンは肩ごしにおや指でうしろをさしめした。

「われわれがいま、テラへのハイパー通信リレーが到達する最終範囲の外に出たからさ」

ニッキはうなだれた。

「つまり、わたしが裏切り者になる可能性があると思ってたのね？」

「そこまでは思っていないが」リャウ＝テンは率直な調子でいった。

「では、どこへ行くの？」

「M－3だ」アジア人は答えた。

*

新銀河暦四二五年五月二十二日、よせあつめの艦隊は、暫定的な目的地のオミクロン＝15CV星系に到達した。球状星団M－3の幾何学上の中心から六百三十光年はなれており、球状星団の実質的な境界の外側に位置している。

ここから《ダン・ピコット》は本来の目的地に向かって、さらに突入するのだ。のこる艦隊は、まず第一に技術的予備軍の機能をはたし、ローダンの艦が危機におちいったさいには救援に駆けつけることになっていた。さらにローダンは、《ダン・ピコット》が球状星団内部に航行するあいだに、個々の艦船が徹底的に周辺の調査をし、特別な関心事を説明できるようにすることを望んでいた。

司令室の大全周スクリーンには、息をのむような雄大な光景がくりひろげられ、観察者たちを驚嘆させていた。はっきり見える数百万もの星々からなる、銀河系の渦状肢ふたつの光の帯が、天空のほぼ半分をおおって荘厳な曲線を描き、巨大な銀河の中心をかたちづくる耐えがたいほどまぶしい光の凝集体までのびていた。それはまるで、宇宙の沸騰するボイラーのようだ。そのなかでは、超巨星やブラックホールなどの想像をこえたエネルギー量が煮えたぎっている。

スクリーンの反対側に目を向けると、そこではM－3の絢爛《けんらん》たる星々が輝いている。

直径二百五十光年の球状空間に押しこめられた五十万個の恒星……ベテルギウス型の赤色巨星から、バーナード星のような矮星《わいせい》もある。球状星団内部では、ふたつの恒星の平均距離は半光年程度で、中心ではその距離はより近く、数光週までになっていた。物質と光の球状の集合体が光り輝いて、魅了された観察者を照らす。あちこちで奇妙なかたちの暗黒星雲がひろがっているため、コントラストによってよけいに光が強大に見えた。球状星団の中心近くの恒星をめぐる惑星には、夜はない。昼をつくる恒星が地平線の向こうに沈むと、反対側から何千、何万もの星が未知世界の地表に光をそそぐのだった。

この星の渦のなかに、《ダン・ピコット》は突入しようとしていた。

艦のコースは、オミクロン＝15CV星系と球状星団の中心を結ぶと想定されたラインだ。ペリー・ローダンは、まずゆっくり球状星団の外縁部に侵入し、アルコン人宙航士が伝えた危険がもはや存在しないか、あるいは艦を脅かす危険がないと判断できるまでは、中心部への突入はしないと決めていた。カルフェシュが述べた意見に、大きく心を動かされていたのだ。

《ダン・ピコット》が最初にはいる宙域のエネルギー計測が完了した。残留する艦隊との通信に問題があると考える理由はなさそうだった。それでも《ダン・ピコット》は、百光年、のちには三十光年進むごとに、リレー・ゾンデ二基を発射する予定でいた。ハイパー通信の補完にするためだった。

ＮＧＺ四二五年五月二十二日の夜、テラニアの時計が真夜中まであと二時間をしめすと、《ダン・ピコット》はスタートした。ポルレイターのシュプールを探す壮大な冒険の旅がはじまったのだ。

# 3

ジェフリー・アベル・ワリンジャーは眼前で光るデータ機器のスクリーンの文字列を唖然として見つめ、放心したようにインターカムのボタンに手をのばし、それを押した。

「ペリー、お見せしたいものがあります」

数分もせずに、計算機ラボの小キャビンにペリー・ローダンがはいってきた。ワリンジャーは独占して使用しているこのキャビンで、データ機器の前にすわったまま、投げかけた質問に対してコンピュータがはじきだす文字や記号の列に集中していた。黒髪がひと房、額にはりついている。その動きはあわただしく、いくらかぎごちない。テラでもっとも著名な科学者がまだ動揺しているしるしだ。

「これは」と、ひとさし指の先でスクリーンの保護フォリオをたたく。「ケスドシャン・ドームからあなたが持ち帰ったデータです。すべてではなく、一部ですが。ネーサンが計算しました」

ローダンは文字列をにらみ、

「これはどう見ても、ネーサンが処理できなかったデータの集まりだ」と、いった。

「いくつか変更されているのです」ジェフリーが憤慨したようにいう。

「だれがデータを変更するものか」ローダンは驚いた。「なにか手違いがあったのかもしれないな。だが、だれも手をくわえていない、もともとの原データがあれば、それでやりなおしできるだろう」

「わたしもそう思いました」ジェフリーは陰鬱に答えた。「ですが、いまごらんになっているのが、もともとの原データなのです」

ローダンはもう一度、文字列に目をはしらせた。

「なぜ、変更されたとわかったのだ？」

「ポルレイターが使っていたのは、十二ビットの情報コードです。数字はかんたんに解読できます。文字はわれわれのアルファベットに置きかえる必要がありましたが、うまくいきました。特殊文字は、いわゆる完全にお手あげ状態でしたが、ネーサンはそれらを、ピリオドやコンマや疑問符や感嘆符などとして解釈しました。それでもまだ、ビットの組みあわせがいくつかのこっていたので、ネーサンはそれらのためにまったく新しい記号を発明することになりました。その列のなかに、わたしははっきりとおぼえているのですが、右を向いた椅子のような記号がふたつあったのです。逆さになったTが左右をかこんでいました。それはどこにあるのでしょう？　消えてしまったのです」

「その場所をおぼえているか？」この謎が気になりはじめたローダンがいった。

「およそ、このあたり」ジェフリーは文字列の頭の三分の一にあたるグループをさししめした。

「数字におきかえられている！」

ローダンがはいってきて以来はじめて科学者はスクリーンから目をはなし、振りかえって客人を見つめ、

「そうなんです」と、かたい口調で答えた。「しかし、だれによって？」

「わたしにたずねるのか？」ローダンは科学者の肩をたたいてにやりとした。「むしろ、執務中の天才にたずねるべき問題だろう……つまり、きみ自身にだ！」

ジェフリーはローダンの愛情のこもったひやかしには応じず、真剣に答えた。

「ときどき、ポルレイターが十二ビットではなく、十ビットのコードを使っていたような気がします。よぶんの二ビットについては、まったく情報がないのですから。むしろフラグか修飾語のようなものかもしれない。のこりの十ビットにふくまれるデータがどれだけ有効か、あるいはどういう性質かという情報をあたえるもので……」と、いいながら、とほうにくれた表情になる。「この追加の二ビットが、なんらかの方法でほかの情報に影響をおよぼすために使われているかもしれない。その影響は外側からくるものです。情報の所有者はそれに対して防御できず……」

科学者は前かがみになり、両手に顔をうずめた。

「われわれのデータに狙いを定めて操作するエネルギーが、ここで働いているといいたいのか？」ローダンは真顔でたずねた。

「はい、およそそのようなもので」ジェフリーは不機嫌そうに答えた。説明がつかない現象に気分を損ねているようだ。

ローダンは友を熟知しており、このような状況ではひとりにして、思考のじゃまをしないことがいちばんだとわかっていた。ジェフリー・ワリンジャーの思考過程は、ほかの人間にはたどりきれないことがよくあった。だからこそ、天才と呼ばれる。それは、ほかの科学者が討論を重ねて結果を出そうとするような場合でも、ワリンジャーがひとりで考えたほうが早く成果をあげることとも関係があった。

「なにかわかったら、連絡してくれ」

ローダンは小キャビンを出て、考えこみながら、自室キャビンへ向かった。ワリンジャーから呼び出しがあったのは、ポルレイターと深淵の騎士の歴史データのあいだに相関関係があるか分析にとりくんでいるときだったのだが、科学者の話を聞いたとたん、データに集中することができなくなった。ワリンジャーの奇妙な観察結果は、謎の力が《ダン・ピコット》を正しい道へ向けようとしていることを意味しているのだろうか。あるいは、正しい道から遠ざけようとしているのか、という思いもよぎる。

そこに突然、警告もなく、予想もしなかった震動がはしった。ローダンは足をすくわれて床に倒れ、一瞬、意識を失った。

目ざめたとき、金属がきしむ音と、けたたましい警報が響くのが聞こえた。

＊

探知スクリーンに、シルエットが次々に変わるグリーンに光る物体がうつった。突然、膨脹したかと思えば、一瞬のちには縮んでいる。痙攣《けいれん》するような動きがあるたびに、《ダン・ピコット》の艦体に軽い震動がはしり、梯形《ていけい》の防御バリアが明滅する。

艦がハイパー空間から出て、エネルギー豊富な重力前線の中心にたいへんな勢いではいりこむと、艦載コンピュータは即座に反応した。数ミリ秒後、エネルギー・バリアが最大出力になる。最初の震動ですくなからぬ損害が生じ、その規模はこの瞬間までまだ完全に把握できていないが、フィールド・バリアがそれ以上の災禍を阻止した。バリアは重力前線のエネルギーを、わずかな残存物にいたるまで吸収し、《ダン・ピコット》に特記すべき危機をもたらさないようにした。

司令室ではマルチェロ・パンタリーニが、優秀な艦長の特色たる行動力、慎重さ、すばやい反応を見せていた。かれは重力前線の原因を熟知しており、危険宙域を回避するコースをとった。フィールド・バリアによってそれ以上の損傷から守られていたため、このコース変更はとくに急を要するものではなかった。額にこぶをつくったペリー・ローダンが司令室に姿をあらわしたときには、完全に状況を管理下においていた。

艦長は制御コンソールのそばにシートを用意した。

「これが発生源だろうか？」と、ローダンは探知スクリーンで明滅するグリーンの物体をさししめす。

「そのようです」マルチェロ・パンタリーニはいつもどおり慎重に答えた。「きわめて特殊なハイパーバリーの中心部です」

司令室のほかの部署では、損害報告がとどいていた。重大なものについては、パンタリーニのデータ・スクリーン上に光る。

「分析結果は出ているのか？」ペリー・ローダンがたずねた。

「艦載コンピュータが、この現象のモデル作成にとりくみました。結果は、科学的機械に期待するような内容というより、むしろ……おもしろいものです」

ローダンは驚いてパンタリーニを見つめた。

「おもしろい？」

「艦載コンピュータが導きだした唯一の説明は、ふたつのブラックホールをしめすものでした。それぞれ恒星五十個ほどの質量をかかえ、一キロメートルもない距離にあって、たがいのまわりをめぐっています。ハイパーバリーでのエネルギー噴出は、修正したアインシュタイン公式で算出すると……」

「どこがおもしろいのだ？」

「自転です」パンタリーニは表情を変えずに答えた。「それも、均一ではないのです。ときに片方がとまったかと思えば、ときにもう片方がとまります。両方が数分間同時にとまり、数ミリ秒後にまた動きはじめることもあります」

ローダンは相手の思考力を疑うように凝視し、

「ばかな！」と、もらした。

「まさに」艦長が認める。「だから、おもしろいのです」

これまでマルチェロ・パンタリーニとほとんど接点がなかったローダンは、しだいに独特の話しぶりに慣れてきた。パンタリーニは礼儀正しい人間だった。上品なため、いくらかひかえめだった。冷静ですました態度だったが、そのすこし退屈なおおいの下に、ユーモアがひそんでいるようだ。

「この現象は、明らかに自然本来のものではありません」パンタリーニは言葉数のすくない説明をつけくわえた。「その動きは従来の自然の法則では説明できません。そのため、コンピュータも歯がたたないのです」

ローダンはデータ・スクリーンを眺めた。

「艦内の状況は？」

「損傷の程度は中規模です」艦長が答える。「例外なく艦の自己修復能力で処理できます」

「よし」ローダンはうなずいた。「その奇妙な現象は近くで見たい。スペース＝ジェット一機と信頼できるパイロットがひとり必要だ」

「仰せにしたがいます！」

制御コンソールから明るいかすれ声がした。すらりとした人影が艦長のポデストに近よってきた。ローダンはその女を見つめ、ほほえんだ。自分の好みよりもいくらか男性的な容姿だが、独特の魅力がそなわっている。

「ニッキ・フリッケル、搭載艇の第一艇長です」パンタリーニは紹介した。「実際のところ、そのような作戦にさいし、彼女以上に信頼できるパイロットを探すのは、わたしには困難です」

ローダンは女に手をさしだした。何歳だろうか？　五十歳くらいか？　短髪がひろい額の上で縮れている。自信に満ちた大きく澄んだ目が、いくらか好奇心をこめてローダンを見つめかえした。

「よし、ニッキ」ローダンはいった。「きみが、わたしのパイロットだ」

＊

準備にはほとんど時間はかからなかった。《ダン・ピコット》の計測・記録機器は、マルチェロ・パンタリーニが〝フィクティヴ現象〟と名づけた現象から一秒も目をはなさなかった。脈動するようなハイパーバリー発生源の動きは依然としてはげしい。座標分析が妨害されることから、この奇妙な現象に注目していたジェフリー・ワリンジャーも、〝よろよろ動く〟ブラックホールのモデルをしめした艦載コンピュータ同様、目下、とほうにくれていた。

ローダンは、ネズミ＝ビーバーのグッキーに、この危険な遠出に同行してほしいとたのんでいた。ハイパーバリー発生源の説明のつかない動きが、パラ物理性あるいはプシオン性事象に関係していたら、ことの関連性をだれよりも把握することができるのは、多くの才に恵まれたイルトだろう。

ニッキ・フリッケルがデッキにある自身のスペース＝ジェット《カロライナ》から遠くないところで待っていると、異なる姿をした者ふたりがホールにはいってきた。ネズミ＝ビーバーを見て、彼女は目を輝かせてよろこんだ。

「あなたのこと、知ってるわ！　あなた、グッキーね、スーパー・ミュータントの！」

グッキーは一本牙《いっぽんきば》をむきだし、いんぎんにお辞儀をした。

「いい趣味の持ち主だね、きれいな人。ぼくのことを魅力的だと思うなんて」

しかし、ニッキは突然、深刻な表情になり、ローダンのほうを向いた。

「あなたのウサギに、わたしの思考を読まないよう、いっていただけますか？」

「わたしのウサギ？」ローダンは驚いてくりかえしたが、すぐに哄笑した。「ああ、ニッキ、一生、許してもらえないぞ！」

イルトはなんともいえない表情をしていたが、憤慨していった。

「ぼかあ、ウサギじゃないし、まして〝ペリーの〟じゃないぞ！　イルトという特権的な種族なんだ。テラの宇宙船に、こんな無知な輩《やから》が乗ってるなんて、意味がわからないね！」

ローダンは高笑いしていたが、冷静さをすでにとりもどしており、

「心配するな、ニッキ」と、搭載艇長をなだめた。「グッキーは、これからはきみの意識にはいりこんだりしない。わたしのウサギは礼儀作法を心得ているからね」

「黙れ！」イルトがうなる。「その言葉、金輪際《こんりんざい》ききたくない！」

＊

《ダン・ピコット》は光るフィールド・バリアにつつまれ、宇宙の星々に満ちた空間にもぐった。《カロライナ》の探知スクリーンに、ハイパーバリア発生源のグリーンに輝く塊りが脈動している。目で見られる光景は、大部分がさえぎられている。スペース＝ジェットの防御バリアは、発生源のエネルギーに満ちた放射を吸収し、オーロラのような強い色のなかで揺らぎながら光っていた。小型艇のキャビンは残存エネルギーの衝突

で震動している。

「《カロライナ》、こちら《ダン・ピコット》。そちらの航行データは順調です。エネルギー消費は計算どおり、フィールド・バリアも申しぶんありません」

ペリー・ローダンはマイクロフォンの光るリングをひきよせた。

「《ダン・ピコット》、こちら《カロライナ》。解析ごくろう。発生源にまっすぐ突入する。異常に気づいたら、知らせてくれ」

ニッキ・フリッケルは操縦をオートパイロットにまかせ、ローダンはフィールド・バリアの効力を計測する機器のインジケーターを見守った。スペース＝ジェットが《ダン・ピコット》の格納庫をはなれてから、数値は増大している。発生源に接近するほど、フィールド・バリアへの負荷も大きくなるのだ。しかし、数分後には接近にともない、負荷が直線的に増加しているのが明らかになった。ローダンは累乗的関連を予想していた。直線的ということは、ハイパーバリー発生源が自然の造形物ではないという、あらたな証拠だ。

ローダンのうしろにグッキーがすわっていた。目を閉じて、眠っているかのようだ。しかし、このミュータントの意識が極限まで緊張しているのが、ローダンにはわかる。

「《ダン・ピコット》から《カロライナ》へ。フィールド・バリアに八十パーセントまで負荷がかかっています。どこまで侵入しますか？」

「《ダン・ピコット》へ。百パーセントまでは進む」ローダンが答えた。「艇内機器に異状はない。退却すべきタイミングはわかる」

ローダンはイルトのほうを向いた。

「グッキー……ようすはどうだ？」

目を閉じたまま、ミュータントは答えた。

「未知の影響力……異常な変調のシグナルを感じる。なにもわからない……強くなってる」

ローダンがニッキにうながすようにうなずくと、操縦士はオートパイロットの表示装置をさしめし、おや指とひとさし指でまるをつくってすべて順調という合図をした。ローダンは計測機器にもどり、フィールド・バリアの負荷が九十パーセントに上昇するのを確認した。

心配する理由はない。百パーセントという安全範囲は、許容差を見こんでいる。フィールド・バリアのシステムは連続負荷なら百四十パーセントまでもちこたえ、断続的な負荷だったら百八十パーセントまでは耐えられるはず。

このとき、うめき声にぎょっとした。グッキーの顔がゆがんでいる。口からとぎれとぎれに言葉がもれた。

「だれかが……ぼくになにかいってる……先へ、もっと先へ進んで……なにをいってるか……理解しなくちゃ……」

「《ダン・ピコット》から《カロライナ》へ！　バリアはすでに百パーセントに達しています！　くりかえします……」

ニッキは通信装置のスイッチに手をのばすと、切断の位置にした。ローダンが感謝の意をこめてうなずく。グッキーがうめいた。もはや意味のわかるような言葉は出てこない。キャビンの震動がこの数秒で著しく強くなった。ローダンは計測機器に目をはしらせた。百二十五パーセントだ！　もう先へは進めまい。

イルトが叫んだ。

「つかまった！　だめだ……やめろ……いやだ……」

ニッキは両手をオートパイロットのスイッチにかけ、問いかけるようにローダンを見つめた。フィールド・バリアの負荷は百四十パーセントに近づいていた。探知スクリーンでは、ハイパーバリア発生源のグリーンの映像が脈動する。痙攣しているような怪物が犠牲者をのみこもうとしている。

「いまだ……」グッキーが悲鳴をあげた。

力なく、首が横に倒れた。失神したのだ。

「方向転換だ」ローダンはただならぬ声でいった。

スイッチがかちりと音をたて、オートパイロットからニッキに操縦がゆだねられた。

《カロライナ》は最大限の制動減速段階にはいり、きついカーブを描いて、発生源の危険なゾーンから可能なかぎり急速に脱しようとした。

「見て！」ニッキが突然、叫んだ。

ローダンは立ちあがった。意識を混乱させるフィールド・バリアの揺らめきが消えている。計測機器のインジケーターがゼロをさししめし、キャビンのはげしい震動もしずまっていた。ローダンは探知スクリーンに目をやった。

ハイパーバリー発生源の鈍く光る点はまだなおそこにあったが、急速にひろがりを失い、スクリーンの中心からはなれていく。ありえない出来ごとだった。発生源がスペース＝ジェットの前から退却したのだ！　探知スクリーンを見ると、数光速で動いている……アインシュタインの四次元時空連続体では不可能だ！

二秒でグリーンの光は消えた……スクリーンの視認範囲から外に出たのだ。フィールド・バリアはもはや明滅しておらず、計測機器のインジケーターはゼロのままだ。《カロライナ》は減速航行を終了した。ニッキは《ダン・ピコット》を目標に設定すると、オートパイロットに操縦をまかせる。

ローダンはすでに、グッキーが深刻なダメージをうけていないことを確認していた。未知存在とのコンタクトで意識に負荷がかかりすぎて気絶したのだ。すぐに目をさますだろう。

通信装置のスイッチをいれると、その瞬間、ジェフリー・ワリンジャーの興奮した声が聞こえてきた。

「……なんということ。なぜ、連絡してこないのだろう？《カロライナ》、聞こえますか？」

「おちつくんだ、ジェフリー」ローダンがいった。「そちらのアドバイスがすこし多すぎたから、通信を切っていたのだ。なにかあったのか？」

「なにかあったか、ですって？」ワリンジャーがうろたえた声を出す。「あのとんでもない物体が消えたのです。二・五光速でいなくなりました！アインシュタイン空間を突破して！なにか関係しているのですか？」

「たしかに、われわれはあの物体を不安におとしいれた」ローダンは真剣に答えた。

このおかしな意見にどうコメントするか、ジェフリー・ワリンジャーが息もたえだえになりながら考えているあいだに、ローダンは隣りの女にうなずいて声をかけた。

「よくやった、女操縦士よ！」

# 4

「あれは警告だ」ペリー・ローダンは考えこみながらいった。「警告以外の何物でもなかった」

「だれからのですか?」ジェフリー・アベル・ワリンジャーが問いかえした。

「ポルレイターからのだ」

「あるいは、その設備からの」ジェン・サリクがつけくわえる。「かくれ場を守るために、かれらがのこしていったのかもしれません」

「理屈は通っている」ローダンは賛成した。

「では、わたしもそう考えるほかないと思います」と、ジェフリー。「ポルレイターか、あなたがたがいうかれらの設備、そのどちらかを、この矛盾した出来ごとの原因とするしかありません」

「どこが?」ジェン・サリクは軽く紅潮した顔を科学者に向けた。「どこが矛盾しているのですか?」

「警告の目的は、招かれざる侵入者への威嚇《いかく》だというのは認めるべきだろう」と、ジェフリー。「はじめは完全にそういうようすだった。それなのに、ちいさなスペース＝ジェットが、強大なハイパーバリー発生源を敗走させたのか？」

サリクはローダンのほうを向いていった。

「グッキーがなにか教えてくれるにちがいありません」

「医師たちの手がはなれれば、グッキーから詳細を聞けるだろう。いまわかるのは、グッキーが未知の影響力と最初にコンタクトをとったときに危険を感じたということだけだ。未知の者が、グッキーの意識を乗っ取ろうとしたのだ。最後の瞬間に、なにか劇的な変化があったようだった。残念ながら、その瞬間、意識を失ってしまったのだが。グッキーには変化の意味はわからないだろう」

「まるで」と、サリクがつぶやく。「未知の者が最後の瞬間、考えを変えたかのようですね。そうなると……ああ、いまいましい。あの物体が二光速をこえて遠ざかるという、ばかげたことさえ起こらなければ！」

ジェン・サリクはめったに強い言葉を使わない。しかし、こんなふうに話すときは、なにかに心がひかれている証拠だ。

「ああ」ワリンジャーはほほえんで、手を振った。「そんなことは考えてもしかたない」

「きみ自身がいくらかわれを忘れていたことを、わたしはおぼえているぞ」ローダンは軽くひやかした。

「最初の混乱の瞬間は、そうでした」ジェフリーは認めた。「一度にあまりに多くのことが起きたのですから。しっかりした前提条件を出発点にすれば、この現象は理解できます」

「光よりも速く動く事象がアインシュタイン連続体に存在するということか?」

「常識で考えられないのは、光速をこえる〝実際の〟速度だけです」科学者は答えた。「たとえば、情報を伝達できるような事象の伝播速度です。想像してみてください。一枚の細長い紙が、大きな円形になってはられているとします。円の中心には、回転するテーブルに据えつけられた投光器があるとします。投光器のスイッチをいれると、紙の帯に光点がうつしだされます。そこでテーブルを回転させます。

光点が動きはじめます。テーブルの回転数がものすごく速くなると、光点が光速よりも速いスピードで帯をまわるだろうというのは、容易に想像できるでしょう。しかし、この光点を使って情報のやりとりをすることはできません。すくなくとも、帯の表面にある二点のあいだでは」

ジェン・サリクはうなずいた。

「では、ハイパーバリー発生源はなんなのだ……プロジェクションなのか?　紙の帯にうつるような」ローダンがたずねる。

「疑いもなく、そのようなものでしょう」ジェフリーが認めた。「ポルレイターにも、四次元空間の法則を避けて通る力はありません。しかし、もちろん、それでは問題のごく一部しか解決できない。考えると、身の毛がよだちます。どれだけ多くの点で、解釈のためのよりどころすらあたえられていないことか！」

「たとえば？」ローダンがきく。

「たとえば……どうしてプロジェクションが、まるでほんもののハイパーバリー発生源のように見えたのか？　発生源はどうやって《ダン・ピコット》が物質化する位置を知り、すぐに行動に出ることができたのか？　発生源の動きをどう説明するか？　はじめは《ダン・ピコット》の動きを阻止するのが目的だったはずが、なぜ突然、退却したのか？」

ローダンはうなずいた。

「答えがひとつでも見つかる可能性があるなら、頭をしぼるべきだろう。しかし、これ以上しぼる必要はまったくない。ポルレイターか、かれらがのこしていったものを発見できれば、必要な解釈はすべて得られると確信している」

ジェフリー・ワリンジャーは立ちあがった。まだ青年らしい顔に、満足したような笑みが浮かぶ。

「よくぞ、いってくれました、ペリー。すでにべつの仕事にとりくむつもりだったのです」

「それがなにか、あえて考えることもないな」ローダンはからかうようにいった。「座標か？」

「まさに」ジェフリーは答えると、キャビンを出ていった。

ジェン・サリクはそれに気づかなかったようで、前方をにらみ、物思いに沈んでいたが、とうとう立ちあがった。

「ペリー、常識はずれですが、ひとつアイデアがあります！」

「聞かせてもらおう」ローダンはうながした。

＊

「あの男はかんたんに相手を魅了するのよ」ニッキ・フリッケルはいった。「それ以上、説明することはないわ」

ナークトルは食べる気もなく深皿をつつきまわしていた。香辛料のきいたスープのなかで、合成魚の切り身が二、三きれ、浮いている。

「だれがこんなものを食べられるのか？」ニッキの言葉を無視するようになった。

この会話がかわされているのは、《ダン・ピコット》の食堂だ。夜の当直がはじまっていた。非番の者は、この時間に食事をとっている。ワイゲオのバアの常連グループは、ここでも自分たちのテーブルを確保していた。

ニッキは最後のひと口を飲みこむと、赤毛・赤髭のスプリンガーを問いかけるように見つめ、

「この料理はそれほど悪くないわよ」と、とがめた。「それとも、あなたが料理のためにLFT艦隊にはいったのならべつだけど」

「ばかな」ナークトルは、フォークで魚をスープからすくいあげ、滴《しずく》を切った。

「でなかったら、実際はなんなの？」ニッキがたずねる。「あなたはスプリンガーだわ。スプリンガーは自由な生き方をするといわれている。どこにも定住せず、利益を追いもとめて……」

「まさにそれだ」ナークトルは魚を口に押しこんだ。

「それって？」ニッキはくいさがった。「あなたが艦隊にはいったのは、艦隊が自由な生き方を保障してくれるから？」

「違う。金のためだ」ナークトルは熱心に咀嚼《そしやく》しながら答えた。

「わかったわ！　あなた、ずいぶん儲けていた氏族の出なのね」

赤毛は不機嫌そうにうなずいた。

「まさにそうなのだ。いくつか取引上の失敗で、われわれは身動きがとれなくなってい

る。宇宙船の分割払いもできなくなって……」

「分割払いですって！　スプリンガーが船を分割で買っていたとは知らなかったわ」

「それ以外にどうすれば？」

「わからないけど。ただ、それは……すごくテラナー的なやり方ね」

ナークトルは腹だたしそうに笑った。

「つまり、掛けでの買い物を、テラナーが発明したとでも？」

「そうよ。実際、そうでしょう」ニッキはいくらかあっけにとられ、率直に答えた。

「とんでもない！　地球でまだ貝が魚と交換されていたころ、われわれスプリンガーはすでに掛けで買い物をしていた。いずれにしても、事態は悪くなっているようだ。族長たちは子孫をひろい世界に送りだし、子孫たちはいかに早く大金をつかむかに腐心している。そして金を充分つかんだら、帰還するのだ」

「聞いて」ニッキは非難するようにいった。「あなたの氏族の仲間が全員あなたくらいの知性の持ち主なら、なぜうまくいかないか、わたしにはわかるわ」

「どういうことだ？」

「あなたは、できるだけ早く大金を稼ぐために艦隊にはいったのよね？」

「そうだ」ナークトルはにやりとした。「たとえ四百年かかるとしても……わたしは族長を見殺しにはしない」

ウィド・ヘルフリッチはそれまで黙って食事に専念していたが、このとき口をはさんだ。

「もともとの話題はどうなった？　きみはあの男に魅了されたといったな。ローダンのどこが、そんなにいいんだ？」

「たいへんな重荷を背負っていても、クールなの」ニッキが答えた。

「それで、きみのほうは熱をあげてしまうというわけか？」馬づらの男がからかった。

「ローダンはこの遠出で、リストに記されているあらゆる規則を破ったらしいぞ」

「それがどうしたの？　かれはだれよりも責任を負っているにちがいないのよ」ニッキは軽くいったが、目に奇妙な光が宿るのをおさえられなかった。

「ニッキ、ニッキ！」ウィド・ヘルフリッチは指を立て、教師のような口調でいった。

「まさか、世界で二番めに年老いた男に、なにか期待をいだいているのか？」

これにはニッキ・フリッケルは即座に反応した。怒って皿をわきに押しやったので、皿が音をたてる。ニッキは立ちあがって非難しはじめた。

「ウィド、あなたはこれまで会ったなかで、もっとも不快な八十五キログラムでできている男だわ」

そういうと、背中を向け、頭をあげて出ていった。ナークトルはふくみ笑いをした。周囲にすわる数名が向きを変え、ウィド・ヘルフリッチににやついた顔を見せ、ウィドが手ひどく拒絶されたことをわかっていると悟らせた。

ウィドは怒りにつつまれた。

「おろか者は、おろか者のなかにいれば幸せだ」聞こえよがしにうなる。「だが、わたしは違うからな!」

こういうとウィドも出ていったが、食堂では哄笑が響いていた。

キャビンにもどったニッキ・フリッケルは、すでに当初の怒りをしずめていた。ウィドの言葉を思いかえし、まじめになって自問した。かれは自分の痛いところに触れたのだろうか?

この疑問には、はっきり違うと答えられた。ニッキはペリー・ローダンの隣りにいても、食堂にいたときに説明しようとした以上の気持ちは感じなかった。魅了された、それだけ。かれにはあふれでる影響力がある。それによって自分は自信を持ち、強くなれるのだ。かれのそばにいられれば、どんな出動にもひるむことはないだろう……どれほど危険があっても。

このときニッキは、出動が現実になる機会がまもなくあるとは、思ってもいなかった。

*

「意味のあるシュプールが判明しました」ジェフリー・ワリンジャーはいった。「ひとつのシュプール、それだけです。しかし、さらなるヒントを得られるでしょう」

科学者のラボを訪れていたペリー・ローダンは、べつの方法ではすでに何度も失敗したあとだったので、ジェフリーの肩にやさしく手を置いてたのんだ。

「そのシュプールについて話してくれ」

ジェフリーは驚いてローダンを見つめ、

「かなり複雑な話ですよ」と、うけながそうとした。

「できるだけ簡潔にたのむ」ローダンはほほえんでうながす。

「ふたつの影響力が作用していることを前提にしました」ワリンジャーは話しはじめた。

「ひとつはわれわれを遠ざけようとする力、もうひとつは、われわれがポルレイターのかくれ場を見つけることに役だつ力です」

「きみの話にわたしが知的についていけるかどうか、考えさせてくれ」ローダンはいった。「遠ざけようとする影響力というのは、あのハイパーバリー発生源の原因となっているものだな。役だつ力のほうは、座標が変更され、われわれがようやくそれを理解して正しいコースにはいったら、あらわれるのだろう」

「それだけではありません」ジェフリーが訂正した。「役だつ力は、それがハイパーバリー発生源を決定的な瞬間に無害にしたとき……つまり、消滅させたときにも感じられるでしょう」

「よし、わかった。それがなにかの役割をはたすのかな？」

「もちろん、はたしますとも！」科学者は憤慨した。「でなければ、どうやってわたしが座標に関する新しい情報を得られたとお考えですか？」

「で、どのような？」ローダンはにやりとしていった。

「どのような、とは？」

「どのような新しい情報を得たんだ？」

「ごらんください……発生源は、一定の方向に遠ざかっています。プロジェクションのように、ただ消えたのではありません。撤退しているのです！」

「ほほう、なるほど……」

「やめてくださいよ、ペリー！」ジェフリーの真剣な口調に、ローダンは笑いをかみころした。「発生源が遠ざかっていく方向にもなにかヒントがあると考えるなら……変化するデータを使ってなにかはじめられるかもしれません」

ローダンは本当に驚いていた。こんな展開は予想していなかった。

「確信があるのか？」と、たずねる。

「いいえ、もちろんありません。ですが、もうすこし作業をつづければ、おそらく展望は開けるかと」

「いまはなにがわかっている？」ローダンはせきたてた。「すくなくとも捜索の方向くらいは、しめせるのだろう？」

ジェフリー・ワリンジャーは即答しなかったが、ためらいながらいった。

「それは……できるでしょう。成功の保証はありませんが」

ローダンは跳びあがった。

「これまでの話よりもましだ！　座標をコンピュータに入力してくれ。パンタリーニにいおう。そのデータを呼び出し、そこに向かうように、と！」

# 5

今回は異なる展開となった。

《ダン・ピコット》はコースを変更し、ハイパー空間を短く航行したあと、オミクロン=15CVから五百二十光年のポジションに姿をあらわした。いまも、球状星団M-3の周縁ゾーンにいる。待機する艦隊の旗艦《ラカル・ウールヴァ》とのハイパー通信は問題なく機能した。旗艦艦長ブラッドリー・フォン・クサンテンは、これまでの事件経過について情報を得ていた。かれは通常は、伝統的名前を持つ《ラカル・ウールヴァ》が所属するLFT第二艦隊の司令官でもある。

《ダン・ピコット》が出てきた宙域の探知分析では、はじめはなにも変わった結果は出なかった。五光月ほどの距離に赤色矮星があり、ひとつの大きな惑星をともなっている。惑星はガス巨星で、高濃度の水素大気がある。

ジェフリー・アベル・ワリンジャーの考察が《ダン・ピコット》を目的地に接近させたことをしめすものは、なにもなかった。

フェルマー・ロイドがペリー・ローダンのキャビンに予告もなくあらわれるまでは。

「どういったらいいのか、わかりません」テレパスはかすかな困惑の色がのこる声で話しはじめた。「しかし、ここにはなにかがあるのです」

「プシオン平面での話か？」ローダンはたずねた。

「そうです。数百万のごくちいさい意識が、この空間を満たしているかのようで……かならずしも知性を持つわけではなく……風変わりな未知の活動によって動かされています」

「傾向はわかるか？　友好的か、あるいは敵意があるか？」

「わかりません」

宙で揺らぐような動きがあり、なにもないところにイルトのグッキーが実体化した。

「ああ、あんたも気づいた？」フェルマー・ロイドを見て、グッキーはいった。

「なにかわかることは？」ローダンはたずねた。「ハイパーバリー発生源の近くで感じた影響力に似ていないか？」

「さしあたり、まったく理解できないという点ではね」イルトは答えた。「知性体のものじゃない感情か、ぼくたちとは完全に違う考え方をする意識の活動に関係している」

「体系的に？」

「答えるのはむずかしいんだ。いまはまだぼんやりしてるから」自分のなかの声に耳をすましているようだ。「でも、強くなってるぞ！」

ローダンが、フェルマー・ロイドを問いかけるように見つめると、テレパスはうなずいた。

「活動が高まったのを感じるよ」と、グッキーはまた集中して耳をすましながらいった。「数百万……いや、数十億のちいさいメカニズムだ。やっと目がさめたみたいに動いている」

グッキーは顔をあげて、めずらしくまじめにいった。

「ただの予感にすぎないんだ、ペリー。だけど、これがぼくらの脅威になる気がする」

最後まで話しおわったとき、艦に警報が響きわたった。

＊

「異常な現象です」マルチェロ・パンタリーニがいった。「しかし、コンピュータが必要なモデルを展開できました」

キャビンの中央に漏斗形《ろうとがた》物体の三次元映像があらわれた。実体のない虹色の縞模様《しまもよう》からなり、縦軸を中心に回転している。細いほうの先端では虹色の縞模様が凝集しており、見る者の目に痛みがはしるような強い発光現象を生んでいた。

「この状況を理解したければ、どんなスケールか目で確認しなくては」パンタリーニはいう。三次元映像の隣りに明るい光の柱があらわれた。漏斗の底からのびて、上の縁から数センチメートル先までとどいている。「この長さが一光分です。つまり、われわれ、惑星間や、まして恒星間といったスケールの物体と関わっているわけではまったくないということ。この縞模様は強力な重力フィールドです。ただし光の強さは、実際はこの映像ほど強くありません」

ここで間をおき、黙っていると、漏斗の上の縁に明滅するちいさな光点が生じた。「これが《ダン・ピコット》の現在ポジションです」艦長は説明した。「艦は重力縞模様の軌跡を追っています。いまは危険はありません。われわれはいつでも漏斗からはなれられる。ただ、こっちの点に到達したなら……」ふたつめの赤い光点が漏斗の底にあらわれ、明滅する。「……早急にその後の行動を決定しなくては。ここから数万キロメートル先で、境界をこえるからです。そこをこえると、漏斗のなかにかならず吸いこまれてしまいます」

だれかが照明をつけて、映像がかすんだ。せまい会議室に十五名がそろっている。《ダン・ピコット》に乗るローダンの幹部メンバーだ。ペリー・ローダンは自分に向けられる一同の問いかけるような視線を感じた。どんな決断がされるだろうか？　艦は危険に背を向けるべきか……あるいは、自殺行為に結びつくような大胆な行動をとらずとも、驚異の現象を探究できる方法があるだろうか？

ローダンはそばにいるミュータントたちのほうを向いた。

「グッキー、フェルマー……なにか感じるか？」

イルトが先に答える。

「相《あ》いかわらず、例の理解不能な活動がつづいてるよ。一定のレベルでおちついて、もう強くなってはいない」

フェルマー・ロイドはうなずいて、同意をしめしただけだった。

ふたりとも決断をかんたんにはしてくれなかった、という思いがローダンの頭をよぎる。どんな選択肢があるだろうか？　回避してべつの方法を試みれば、べつの場所で同じような障害がたちはだかるだろう。M－3に背を向け、ポルレイターから得ようとしている情報を放棄することもできる。こうして放棄したら、超越知性体セト＝アポフィスの干渉を阻止するという、人類が……とくに宇宙ハンザがうけた依頼に、どんな結果がもたらされるだろうか？　この問いに対する答えはわからない。しかし、おそらく満足できるものにはならないだろう。おのれに強制された役割に対して、ローダンはあらためてなかば嫌悪をおぼえた。宇宙規模のゲームの一員になったが、そのルールは不明だ。数十億の銀河系諸種族を、セト＝アポフィスとの対決でよりよい結果に導くためだからといって、本当に《ダン・ピコット》艦内の四百名以上の命を危険にさらす決断を迫られるのか？

そのような決断はくだせない。自分にそんな権利はない。　論拠はないのか？　不確定事項をのせた秤の皿をどちらにかたむけるか、決めるための公算はないのか？

「グッキー」と、呼びかける。「ジェン・サリクを連れてきてくれ」

ネズミ＝ビーバーは姿を消し、数秒後にもどってきた。深淵の騎士、ジェン・サリクを連れている。

「ジェン」ペリー・ローダンはいった。「きみの常識はずれのアイデアをためしてみよう」

＊

「前提条件として」ローダンは聴衆に向かって説明した。「最近われわれが関わっている説明不能の現象が、ポルレイターの防御メカニズムに関係していると考える。このメカニズムに、われわれが友好的な集団だと認めさせられれば、かれらの妨害活動を停止させることができるだろう。この推測だけが、今回の計画のよりどころだ」

ローダンは重サヴァイヴァル・スーツを着用していた。LFT艦隊と宇宙ハンザ船団のために開発された特別服で、似たような不格好なスーツを隣りのアラスカ・シェーデレーア、グッキー、フェルマー・ロイド、ジェン・サリクも着用している。

「われわれは《ダン・ピコット》から出て漏斗内に飛ぶ」ローダンは話をつづけた。「われわれの推測が証明されなかった場合、心配なのはこの艦の乗員のことだ。重力渦が強力になり、危機的な状況におちいる前に、《ダン・ピコット》を漏斗から遠ざけるよう、艦長には指示している。この指示は、その瞬間にわたしと同行者がいかなる状況になっていようとも有効だ」

マルチェロ・パンタリーニは重々しくうなずいた。

「指示は聞いています」

「百分以内に決定的瞬間に直面すると推測している」ローダンがいう。「それがなににせよ、われわれにとって有利な結果になることを望む」

ローダンは、グループのはしにいる瘦軀の女が問うように大きな目で自分を見つめているのに気づき、

「いや、今回はきみは行かない、ニッキ」と、ほほえんだ。「だが、心配無用だ。前回、ともに行った航行ではとても充分とはいえないから」

この作戦でも投入されることになったスペース＝ジェット《カロライナ》が、下部格納庫デッキで待機していた。前回の航行にかんがみ、補完計器もそなえている。両ミュータントはすでに艇内に姿を消していた。アラスカとジェン・サリクはエアロック・ハッチに上昇していった。ペリー・ローダンは話を終了した。

ハッチにはいる前、ローダンは重サヴァイヴァル・スーツの道具ベルトにつけたケースに手をやった。シガ星人の技術でつくられた銀色の容器で、ライレの〝目〟がはいっている。この謎めいた道具があれば、宇宙ハンザに所属するすべてのコズミック・バザール、基地、宇宙船に無間隔移動できるのだ。同時にこの〝目〟は、宇宙ハンザが〝それ〟からうけた、銀河系と近隣銀河の種族をセト＝アポフィスから守るという使命の象徴でもあった。

＊

「コースベクトル、九十度」

アラスカ・シェーデレーアのかすれた声がヘルメット・テレカムから響いた。重サヴァイヴァル・スーツのシステムはフル作動状態だ。次の瞬間、《カロライナ》がどんな危険に遭遇するか、だれにもわからない。

大スクリーンに、見通しのきかない巨大な球状星団の無数の星々がうつる。しかし、映像は通常とは異なって見えた。遠い恒星の光が点滅している。高濃度の渦巻く空気ごしに観察しているかのようだ。色鮮やかな星雲が視界に揺れ動き、まばゆく光ったかと思えば、脅威を感じさせる暗い光になる。スペース＝ジェットは漏斗の内部にいた。エネルギー性重力フィールドの縞からなるその内壁を、艇は高速で進んでいる。計画では、深さ十万キロメートルの縞模様のゾーンを……アラスカがコースを指示したとおり……垂直につきすすみ、重力漏斗の独特の性質についての最初のデータを収集することになっていた。データ分析により、漏斗の中心にさらに接近すべきかどうか、わかるだろう。

ミュータントふたりはキャビンの後方にいて、漏斗内部に満ちる未知のプシオン渦の分析に意識を集中している。アラスカが操縦をうけもっていた。一刻一刻の状況を掌握《しようあく》するため、オートパイロットは使っていない。ローダンとジェン・サリクは計測機器のインジケーターを観察する任務についた。探知スクリーンのひとつには、《ダン・ピコット》の位置がしめされている。艦はエンジンを切ったまま、重力漏斗から生じるエネルギーにまかせていた。《ダン・ピコット》がこえてはならない危険なポジションに、ローダンは用心のため印をつけた。

「コンタクト、五秒後」アラスカの警告がテレカムに響く。

すべてが、予測とはすこしずつ異なっていた。重力縞模様のゾーンに侵入すると、小型スペース＝ジェットは動かなくなり、縦揺れをはじめた。フィールド・バリアが明滅し、視界の一部がさえぎられる。しかし、バリアも艇の構造も、負荷の限界まではまだ達していない。

《カロライナ》は、秒速一万キロメートルで漏斗の壁に向かっていた。この横断には十秒が必要だった。はげしく震動する艇のなかで、ローダンはミュータントのほうを向い答えた。グッキーは目を開いていて、ローダンの問いかけるような視線に、かぶりを振って答えた。プシオン平面でも、作用は予測よりも弱いようだ。

データ分析が自動的におこなわれた。結果は、《カロライナ》の乗員の直感を裏づけた。漏斗は当初に予想していたよりも、危険ではない。

ローダンはヘルメット・テレカムをハイパーカムにつないだ。

「《ダン・ピコット》へ、こちら《カロライナ》。計画どおり、第二突破をはじめる」

＊

天空がまばゆく光り、球状星団の輝く星々が消えた。重力縞模様の揺らぐ光だけがまだ見える。《カロライナ》の何千キロメートルも下で、漏斗の中心がうごめいていた。エネルギー流が想像できないほどの強さで衝突し、数百の恒星を集めたような光をはなつ灼熱の球をつくっている。

「コースベクトル、九十度。コンタクト、十二秒後」

ローダンは腕にだれかが触れるのを感じた。振り向くと、ジェン・サリクが探知スクリーンをさししめしている。《ダン・ピコット》の映像が、危険なゾーンのはじまりをしめす明滅する赤い点に接近している。ローダンは映像の動きを二秒間、追った。艦が漏斗から遠ざかる準備をしていないのは明白だった。

ヘルメット・テレカムをハイパーカムにつなぐ。

「《カロライナ》から《ダン・ピコット》へ！　コース変更せよ！　変更せよ！　聞こえるか？」

受信機から、なにかがはじけるような音が響いた。

「《ダン・ピコット》から《カロライナ》へ！　受信が切れ……わかりません……くりかえしてくだ……」

「パンタリーニ、しっかりしろ！」ローダンは怒って叫んだ。「コース変更だ！」

「あと五秒です」アラスカ・シェーデレーアがいう。

「ダン……ライナへ……通信妨害……わかりません……いう……」

「あぶない！」アラスカが大声を出した。

《カロライナ》の眼前に、炎の壁が燃えあがった。強烈な一撃をうけて、小型艇が揺れる。キャビンは鐘がたたかれたようにはげしく震動した。シートにすわっていたローダンのからだが四方八方に揺さぶられる。エネルギー・ハーネスに過剰な負荷がかかり、光をはなった。計測装置では赤い警告ランプが点滅している。

「速度を落とします」アラスカ・シェーデレーアが冷静な声で告げた。

集積した重力フィールドが、スペース＝ジェットの運動力学的エネルギーを吸収していた。もはや反重力装置が吸収できなくなった推力を感じながら、ローダンは向きを変えた。キャビン内は、まぶしい色とりどりの光の反射が揺れ動く地獄と化している。

このとき、フェルマー・ロイドが悲鳴をあげた。

「だめだ……やめろ……」

ローダンはひどい圧力に抵抗しながら、シートを回転させた。ロイドは、エネルギー・ハーネスの留め金の下でくずおれていた。目は閉じられ、呼吸が浅く速い。顔は痛みでゆがんでいる。

グッキーの目はうつろだった。あらゆる方向から流れこむプシオン・エネルギーの衝突に耐えている。この衝突に対する心がまえはできていたようだ。破壊的な影響力と全身で戦っている。しかし、懇願するような目だった。解放されたいのだ。

「速度がゼロになります」

《カロライナ》は、自然の力の玩具にされていた。反重力装置の調子がおかしくなっている。小型スペース＝ジェットは、旋回して持ちあげられたかと思うと、数秒後には奈落に深く落下した。

「突破できません」アラスカ・シェーデレーアがいった。

外では天空が輝いている。さまざまな色の閃光を目で追うのはすでに不可能だ。動きの速い発光現象で、視界には混沌とした光景がくりひろげられていた。

「がんばれ、グッキー」

ローダンはヘルメット・テレカムのマイクに向かってつぶやくと、ジェン・サリクのほうを向いた。

「きみのアイデアをためすのに、いま以上の好機はない」と、声を押しだす。

ヘルメットの奥で、ジェン・サリクがうなずくのが見えた。

「グッキー……いまだ！」ローダンは鋭くいった。

# 6

きしみ音の響く地獄だった。重サヴァイヴァル・スーツの防御バリアは、漏斗の破壊的な力を中和するほどのパワーはない。ローダンはからだが揺さぶられるのを感じた。信じがたいほどの速度でからだの向きが変わる。一瞬ごとに、グッキーとジェン・サリクの姿が視野にはいっては、ふたりともまた消えた。

天空は燃えあがり、あらゆる色の閃光がはしる。横には巨大な漏斗のわきたつ口があり、その光の洪水に目がくらんだ。虚無のなかを漂っている。グッキーがローダンとサリクをスペース＝ジェットからテレポーテーションさせたのだ。《カロライナ》は遠くにある……どこか、重力縞模様の絶え間ない動きのなかで、もはやわからないところに。もし、われわれのしたことが間違っていたなら？　その思いがローダンの頭をよぎった。

ジェン・サリクのアイデアは、ハイパーバリー発生源の近くでおこなわれた観察にもとづいていた。発生源はまさに《ダン・ピコット》と《カロライナ》を破壊しようとしていたが、最後の瞬間に〝気が変わった〟というのだ。そのようにサリクは表現した……まるで、ハイパーバリー発生源が知性を持つかのように。

ポルレイターは、深淵の騎士の先駆的組織だ。サリクとペリー・ローダンは、ケスドシャン・ドームで監視騎士団の一員として認められた。自分たちが深淵の騎士だとわかれば、ポルレイターは接近を妨げないのではないか、と、ジェン・サリクは考えたのだった。

ハイパーバリー発生源は最後の瞬間にペリー・ローダンの騎士の身分に気づき、その敵意をおさえたかのように見えた。〝ひょっとすると〟と、ジェン・サリクはいった。

〝われわれは姿を見せればいいだけかもしれません。そうすれば相手は両腕をひろげて、歓迎するでしょう！〟

姿を見せるとは？　歓迎する〝相手〟はだれだ？　姿を見せるとは、つまり、身を守ってくれる小型艇の外殻から外に出ること。そうなったら、相手がだれであろうと、関係ない！　ただ、こちらが望むように反応してくれと願うだけだ！

そんな思考がローダンの脳裏をよぎった。周囲に何千ものオーロラがいっきにはしっている空間にいて、下では漏斗の口の地獄の炎が燃えたぎっている。自分たちは重力縞模様の恐ろしいエネルギーによって、古い洗濯機のなかの布がつまった袋のように振りまわされている。

《ダン・ピコット》! マルチェロ・パンタリーニはわたしの指示を無視した! おろか者め……なにをするつもりなのだ?

「ぼかあ……もう無理だ」グッキーのうめき声だ。「あんたたちがもどりたいなら、自分の力でやってもらわなきゃ……」

つづきの言葉は、はげしい音にのみこまれた。ローダンはグラヴォ・パックを作動させようとした。数秒でも状況を安定化できれば、イルトに近よれるかもしれない。

それで? と、必死に考える。それから、どうする?

グラヴォ・パックが音をたてて動きはじめた。ヘルメット内の表示装置にしめされたデータで、ふだんの状況からいかにはなれているかわかる。ローダンはデータにはまったく注意をはらわなかった。自分の考えにしたがって状況修正をはかる。揺れ動く閃光の動きが遅くなった。ジェン・サリクが目の前にあらわれ、数秒間、その場から動かなかった。操作は成功だ! しかし、イルトはどこだ?

「グッキー……」

叫び声がうつろに響き、苦しそうなうめき声が答えた。遅すぎた! 遅すぎたのだ!

グラヴォ・パックのコントローラーを怒りにまかせてひっぱる。

突然……暗闇になった!

半秒のあいだ、意識が朦朧《もうろう》とするようなパニックに襲われる。装置がうまく作動しなかったのだ！　このとき、ふと思いだす。装置が不調だとしても、ヘルメット・ヴァイザーが曇ったりすることはない。どういうことだ？　どこからか、叫び声が響いた。勝利の雄叫《おたけ》びだ。

「やった、成功だぞ！」

成功？　なにが成功したのだ？　遠くのほうが明るくなった。かすかな光の筋が視界にさしこむ。あれはなんだ？　星だ、と、理性が告げる。球状星団M‐3の恒星だ。最初に見たときには、わからなかった。漏斗の地獄のような光の戯《たわむ》れで目がくらんでしまったせいだ。

星々以外の光はなくなった。漏斗は消滅した！　成功したのだ！

ローダンはグラヴォ・パックの操作パネルに触れた。今回は明滅するデータの分析時間をとった。急いでいくつかスイッチを操作する。光の帯の動きが遅くなり、最後におちついた。

「グッキー……」

「ここだよ！」と、声がする。「いったい……なにがあったの？　なにも感じない。どこ……漏斗はどこなの？」

「消えた」ローダンが答える。「われわれの前から姿を消したのだ」

一面の星々を背景に、二十メートルほど先に浮いているふたりの姿が見えた。ローダンはふたりに接近した。

「ペリー、こちら《カロライナ》！　おめでとうございます。どうやってやりとげたのですか？」

「あと数分、時間をくれよ」イルトがしわがれ声でいった。「ぼくが回復したら、無免許運転者をふたり、そっちに連れてくから」

こうして、不安で長くせきとめられていた感情が安堵に変わった。不可能と思われていたことを本当になしとげたのだと、ようやく意識の上でも信じられるようになったのである。

＊

下部の格納庫ホールでは、警護の遅番についていない者が全員ひしめきあっていた。スペース＝ジェットのエアロック・ハッチが開き、ペリー・ローダンが最初に姿をあらわしたときには、歓声があがった。不格好な重サヴァイヴァル・スーツを脱ぎ、エネルギー斜路の上を浮遊して降りてくる。無謀な探検をした仲間もうしろからついてきた。

全員で半円状になり、マルチェロ・パンタリーニが前に出て、ローダンに手をさしだした。

「あなたがたの成功に、なんといったらいいか、言葉が見つかりません」と、おごそかな態度でいった。「《ダン・ピコット》の乗員を代表して……本当におめでとうございます！」

この言葉はひろく響きわたり、喝采が起こった。探検隊のメンバー五名が司令室に向かうさいは、凱旋パレードとなった。司令室ハッチの前につくと、ようやく乗員たちは解散した。ローダンの隣りにはジェフリー・ワリンジャーがいて、重力漏斗が消滅したさいの観察結果を興奮して話している。その熱狂ぶりも理解できるというもの……しかし、やはりローダンはその報告の半分も理解できなかった。

重厚な主ハッチが開くと、ローダンは立ちどまり、周囲を見まわして、これから話すことが部外者に聞こえないか確認した。視線をマルチェロ・パンタリーニに向ける。

「艦長、きみは無責任な行動をしたな」きびしい声だった。しかし、パンタリーニは、まつげ一本動かさずにその怒りの視線をうけとめた。「責任をとってもらおう。わたしの命令を……」

パンタリーニの目に奇妙な光が宿った。ローダンはぎくりとして、話を途中でやめた。つづきを話したときには、声の調子はやわらいでいた。

「われわれのとりきめを、無視したことについて」

パンタリーニは嘆息し、いつもはまじめな顔に笑みさえ浮かんだようだった。

「言葉を選んでくださり、感謝します。自分の行動の責任はとれますし、いつでもふさわしい証拠書類を持って仰せにしたがいます」

＊

《ダン・ピコット》は数時間、その場にとどまった。最新の出来ごとについての報告が作成され、これまでに築かれた通信リレーにより、《ラカル・ウールヴァ》艦内のブラッドリー・フォン・クサンテンに送られた。《ダン・ピコット》の周辺では、計測ゾンデが重力漏斗の残骸や、謎の現象ののこしたシュプールなどを調査した。

そのあいだに、フェルマー・ロイドとグッキーによる漏斗航行中の証言が分析され、独特の像が浮かびあがった。メンタル平面では、ふたつの異なる力が作用していた。はじめにフェルマー・ロイドとグッキーが同時に知覚したのは背景音のようなもので、漏斗の活性化のみを目的とする何重ものメカニズムによって発生していた。重力漏斗もハイパーバリー発生源と同じく、未知文明……おそらくポルレイター……の自動防御システムに関わっているということに、疑問の余地はなくなった。しかし、このシステムがプシオン性の手法で動いているということは、あらたにわかった事実だった。

すこし考えれば、こうした活動原理の意味深さは明白だった。ポルレイターは、小惑星やほかの宇宙の岩石が偶然に通って防御システムが警戒状態になることについては、気にしていなかった。心配していたのは、未知の知性体にかくれ場を発見されることだった。そのような危険に対してのみ、システムは必要とされた。そのため、自然の摂理として、プシオン性のセンサーおよび活性化メカニズムを使用したのだ。

漏斗内部で作用した第二の力はまったく別物だった……グッキーがハイパーバリー発生源の近くですでにうけていたエネルギーと種類は同じだったが。こちらは明らかに、防御システム自体の構成要素が関係していた。第二のメンタル・エネルギーの使命は、接近する未知の知性体の意識を支配下におくことだった。イルトは、ハイパーバリー発生源に向かっていたさいに影響をうけたが、二度めの遠征のときには準備をしていたため、攻撃にたちむかうことができた。一方、準備していないフェルマー・ロイドは屈服したのだった。

この第二の力が強力であるにもかかわらず、テレパスにしか知覚できなかったのは、考慮すべき点だ。その役割が未知の知性体の意識を操ること、あるいは破壊することを目的としているなら、なぜだれもが気づくものではないのだろうか。可能性はふたつある。ポルレイターが、平均的なテラナーよりメンタル平面で本質的に敏感な侵入者を想定していたか、あるいは、ハイパーバリー発生源から侵入者を遠ざけ、重力漏斗から排除するメンタル・エネルギーの、全力を発揮していなかったのかもしれない。

ここまでの出来ごとでじつに驚嘆すべき点は、ポルレイターの防御システムが明らかにセンサーを使っており、迎えるべき客と望まざる客を区別できるということだった。

ハイパーバリー発生源が突然に消えたのは、防御システムの構成要素がペリー・ローダンを深淵の騎士として認識したためかもしれない、と、ジェン・サリクは考えた。かれの常識はずれのアイデアだったのだが、それは今回の冒険で立証された。

ポルレイターの防御システムがいかに機能するのか、どこからエネルギーを得て、なぜ望ましい客の前からさえも生命を奪う寸前のところで退却したのか、いま、頭を悩ませても意味はないことは明白だった。こうした質問は、ポルレイターのかくれ場を発見し、概観をつかむ時間を得てからだ。そのかくれ場にポルレイターがいたとしても、いなかったとしても。

ペリー・ローダンにとって、いまの瞬間、より重要なのは、ジェフリー・ワリンジャーが観察した事実だった。司令室に行く途中、熱っぽく報告されたが、半分も内容は伝わらず、徒労だったのだが。その報告には、《ダン・ピコット》艦長の行動が完全に正当なものだったという内容もふくまれていた。つまり、重力漏斗の総エネルギー量は、すでに《カロライナ》の二度めの飛行のさいには急激に減少していたのだ……この時点で第二のメンタル・エネルギーの構成要素が、艇内にいた深淵の騎士ふたりをすでに確認していたかどうかという疑問が浮かぶが、その答えは得られていない。マルチェロ・パンタリーニはこれに即座に反応し、危険なポジションをあらためて計算させた。突然にエネルギーが消失した結果、あらたなポジションは、数十万キロメートルも漏斗の中心に近い場所だとわかった。そのため、パンタリーニはそれまで定められていた境界を大胆にこえたのだった。危険が迫った場合にそなえ、《カロライナ》をさらに援助しようとして。

この展開にだれよりも安堵したのは、ペリー・ローダンだった。マルチェロ・パンタリーニを有能な艦長だと考えていたので、かれがとった無責任に思える行動に驚き、怒りを感じていたのだ。しかし、ジェフリー・ワリンジャーの観察によって、すべての疑念が晴れたのだった。

＊

「さてと。今回は、連れていってもらえなかったのか？」ウィド・ヘルフリッチの声がからかうように響いた。グラスの中身をちびちび、なめている。

「ごらんのとおりよ。わたし、まだ生きている」ニッキ・フリッケルは平然と答えた。

「これで、おといあなたがいったくだらない話は、ごみとして捨てられるわね」

「な、わからないんだが……」ウィドは話しはじめた。

「口を閉じろ、馬づらめ」ナークトルが切りこんだ。「いやみをいいたいなら、出ていけ」

ウィド・ヘルフリッチは傷つき、顔色を変えた。食堂はいつもの光景だった。多かれすくなかれ空腹をかかえて深皿をつつく非番の者たち、食器がぶつかる音、その場かぎりの話題……これからどうなるのだろうか、ということ……について、たいした興味もなく話す声だ。

〝ワイゲオの夜の放浪者〟三名が占領していたテーブルに、首席通信士タン・リャウ＝テンがくわわった。ウィド・ヘルフリッチはあらたな犠牲者を発見したと思った瞬間、すぐに話しかけた。

「きみは本当に、セレーに一発くらわせたのか？」

ナークトルは怒って、テーブルに食器をたたきつけた。

「やめろ！　こんど、くだらないことをいったら、おまえの鼻先にシチューをぶちまけてやる」

「ほうっておけ」アジア人は、機嫌よさそうに手を振った。「かれに関係ないことについては、どちらにせよ、わたしからはなにも聞きだせない」

「なにかニュースはある、リャウ＝テン？」ニッキは話題をそらそうとした。「これからどんなコースをとるの？」

「わたしになにがわかる？」リャウ＝テンはもったいぶって答えた。「通信士が新しい目的地を知るのは、いつも最後なんだ。きっと、きみたちはもう知っているんだろうね」

「まったくわからん」ナークトルが不平をいう。「わたしが知るかぎりでは、全員がまだデータ分析にとりくんでいる」

ハッチのところに、食堂にはめったに姿を見せない者があらわれた。天文学者、アーネスト・ブリーベスカだ。ゆったりしたむらさき色の腰衣を身につけている。ライトグリーンの制服の者たちのなかで、きわめて目だつ。手には、いついかなるときもはなさない本を持っていた。ブリーベスカは、通常は自室で食事をとる。食堂にやってくるとは、特別の理由があるにちがいない。

茫然としている者たちを無視して、ブリーベスカは奥の、ニッキ・フリッケルが手を振るテーブルにやってきた。

「あの男は理由なしにはこない」ナークトルがつぶやく。「おそらく、話したくてたまらないニュースがあるんだろう。孤独を好む男だが、なにか新しいことを知ると、急いでだれかに伝えたくなるのだ」

アーネスト・ブリーベスカはいあわせた者たちに会釈すると、あらたまって挨拶した。

「どうぞ、よろしく、友よ」

テーブルを見まわし、ウィドのグラスを遠慮なくつかむと、ひと息に飲みほした。

「どうも」ウィドはそっけなくいった。「どちらにせよ、こいつをどうすればいいかわからなかったのでね」

「なにか知っていることは？」リャウ＝テンがたずねた。

ブリーベスカが、テーブルに用心深く置いた本の表紙を軽くたたいた。

「わたしは、宇宙の美について知っている。諸君のだれも理解できないことを。星々を見て……」

「くだらない！」ナークトルが文句をいった。「リャウ＝テンはこういったんだ、なにか新しい話があるのか、と」

ブリーベスカは一瞬、狼狽《ろうばい》したようだったが、すぐに気をとりなおした。

「ああ、新しい話を知りたかったのか！　諸君は古いものの美を見逃し、つねに目前のことのみを吸収し……」

「アーネスト、いいかげんにしろ！」

天文学者は前かがみになると、謀反をたくらむ者のように小声でいった。

「新しい目的地が決まった。遅くとも一時間後には出発だ」

「どこへ？」

「ここから四光月のところにある赤色矮星だ」

「そこでなにをするのだ？」ナークトルは疑い深くたずねた。「巨大な水素惑星しかないじゃないか」

ブリーベスカはどうでもいいというようなしぐさをした。

「わたしになにがわかる？　どこかのだれかさんに、りっぱな理由があるんだろう」

「あの惑星には名前もない」ウィド・ヘルフリッチが不機嫌そうにいう。

「いやいや！　その惑星に意味があるらしいと気づいたさい、天文学者の特権でわたしが命名した」

「なんというんだ？」

「ＥＭシェンだ」

「ＥＭシェン？」

「そうだ」

ウィド・ヘルフリッチは、相手の理性を疑うように天文学者を凝視した。

「自分でひねりだしたのか？」

「そうだ」ブリーベスカは、誇らしげに顔を輝かせた。

# 7

アーネスト・ブリーベスカが話していた〝りっぱな理由〟は実在した。ジェフリー・アベル・ワリンジャーは、一日の大部分を研究室ですごし、データの精査に力をそそいでいた。すでにテラを出発する前から、注意書きのメモを作成し、くりかえし考えるべき事項を書きとめていたのだ。このメモはコンピュータに記録されており、ジェフリーがデータ機器の前にすわると、ときどき表示される。状況によって必要になれば、たびたびあらたな事項がつけくわえられ、古くなったり処理されたりした事項には線がひかれていった。ジェフリーがこの数日でとりくんだ事項のひとつは、ネーサンがポルレイターの昔のデータから算出した座標に関係していた。

作業のあいだの短い休憩時に、突然スクリーン上にメモが光り、ジェフリーは一刻もためらわずに、すぐにリストのはじめのふたつの項目にとりくんだ。ひとつはケスドシャン・ドームの座標だった。

数秒で、データがまた変化したことを確認した。このあいだにデータのコピイを作成し、自分で開発したコードにおきかえていたのだ。開発したコードは、オリジナルデータを変更した謎の力の影響をうけにくいものだった。オリジナルをコピイと比較すると、四つの記号が何度もその値《あた》いを変更されたことがわかる。

ハイパーバリー発生源が出現し、重力漏斗と遭遇してから、ジェフリー・ワリンジャーは、それまで不能だったデータ解読を可能にする理論をつかんでいた。仮説がどれだけ現実に即しているかも、また、自分の解釈が、コンピュータ専門家のただのビットのむだ使いと表現する以上のものかどうかも、まだ確信はなかった。しかし、科学者として、この件を発見的原理によってあつかうことにまったく疑念を感じていなかった。べつの言葉でいえば、自分の仮説をもとにデータを解釈し、データがしめす場所で注目すべきことが発見できるか、実際に調べたのだった。

こうして、高濃度の水素につつまれた惑星を持つ小赤色矮星を発見したのである。

それ以上のことは、勘でつくりあげた理論ではもとめられない。ジェフリー・ワリンジャーはペリー・ローダンに報告した。そこでローダンは《ダン・ピコット》がすぐに赤い恒星にコースを設定するよう、配慮したのだ。

＊

「EMシェン？」ペリー・ローダンはいぶかしげにくりかえした。「だれがそんな名前マルチェロ・パンタリーニは答えた。

「あらたな天体の命名権は、当然かれにあります」

ローダンは、色とりどりの線がひかれた惑星の円形をうつすスクリーンを見あげ、「天文学者に伝えてくれ。次のときには……ま、いい」と、手を振った。「好きなようにさせよう。偵察隊の準備はできたか？」

「スペース＝ジェットが三機、あなたと同行者を、下の格納デッキで待っています」パンタリーニはほほえんだ。「ニッキ・フリッケルが、自分はあなたのパイロットだと主張していましたよ」

「それを期待していた」と、ローダンがうなずく。「彼女は、自分の専門をよく心得ている」

「質問してもいいでしょうか」艦長は礼儀正しくひかえめながらも、決然とした口調でいった。「なぜ、この惑星への接近のさいに、このような……型破りな方法をとるのですか？」

予想していた質問だった。未知の惑星を調査する宇宙船は通常、高い周回軌道にはいり、すくなくとも一日はそこで待機する。あらゆる機器を駆使してあらたな世界を探り、深刻な危険がないことを確認してから着陸するのだ。

ところがローダンはそれに反し、スペース＝ジェット三機からなる偵察隊を水素惑星に向けて飛ばして近距離から調査させ、《ダン・ピコット》には従来どおり高い軌道から調査にとりくませることに決定した。

「時間がないのだ」と、パンタリーニの質問に答える。「球状星団全体を徹底的に調べなくてはならず、各惑星に必要以上は滞在できない。スペース＝ジェットは着陸はしない。接近調査をすれば、半日は削減できるだろう。《ダン・ピコット》が着陸するのに都合のいい場所を探すこともできる」

「そうですね」マルチェロ・パンタリーニはいったが、その声は、いまの話が本当の理由なのかと疑うように響いた。

ローダンはまったく気にしなかった。持ちだした根拠はたしかに正鵠《せいこく》を射ており、実際に何時間も節約できる。もうひとつ理由はあったが、それはしばらく心の内にしまっておくことにしていた。軽はずみな希望が生じて、無責任な噂がひろまるのはよくない。公けにする前に、自分で確認したい。

グッキーとフェルマー・ロイドが、EMシェンから発する弱いプシオン性シグナルを感じていたのだ。

＊

未知の惑星に接近すると、高濃度の大気が壁のようにたちふさがった。そこではさまざまな流れが荒れ狂っている。スペース＝ジェット《ジャワ》は、色鮮やかな雲の帯とほぼ並行に飛び、あと数分でＥＭシェンの大気に浅い角度で侵入しようとしていた。随伴艇の《メキシコ》と《ダコタ》が、距離をあけずに追っている。探知スクリーンに見える二機のまぶしいリフレックスの位置は、この数分、変化していない。

ローダンはマイクロフォンをひきよせた。

「《メキシコ》と《ダコタ》へ。風速八十メートルまでは覚悟を決めておけ。下ではすこしは快適になるだろう。だが、海辺でのピクニックはあきらめなくてはならないだろうな」

「どっちにしても、アリだらけだよ」グッキーが《ダコタ》から報告する。

「水浴びくらいはできるかしら」イルミナ・コチストワが《メキシコ》から、明るく応じた。

《ジャワ》では、ローダンのスタッフとしてフェルマー・ロイドとラス・ツバイがいた。そこに操縦士のニッキ・フリッケルのほか、《ダン・ピコット》の乗員が二名くわわっている。ニッキは艇を手動で操縦していた。センサーが惑星大気のシュプールを最初に認識して記録をはじめると、フィールド・バリアが作動した。

スクリーンにかすかな靄《もや》があらわれた。遠くでちぎれ雲が飛んでいる。大気圏最上層のきわめて薄いガスと相互作用がはじまると、フィールド・バリアが微光をはなった。ローダンは突然、奇妙な音と振動を感じた。腰に手をやり、それがライレの〝目〟がはいったケースから発しているのに気づいた。慣れた手つきで容器を開け、〝目〟をとりだす。高い周波数ではげしく振動している容器を顔の前にかざすと、無間隔移動の前にいつもするように、なかをのぞきこもうとした。視界が暗くなった。目的地に集中する。数百光年はなれた恒星オミクロン＝15CVをめぐる軌道にいる《ラカル・ウールヴァ》に。だが、視界は暗いままだった。

「ちょっとした実験だ」周囲の者に知らせておく。

目を閉じて、また目的地に集中した。独特のがくんとした動きが起こらない。あらためて試みる……やはり失敗だ。目を開くと、依然としてそこは《ジャワ》の艇内だった。

無言でライレの〝目〟をケースにもどすと、施錠した。貴重な装置の不具合の説明がつかない。しかし、ポルレイターのシュプールを追っているということをすこしでも疑ったなら、かれらは姿を消してしまうだろう。

＊

イオン化したガスの光を帯びたシュプールをひきながら、《ジャワ》は未知の惑星の大気圏最下層に進入していった。うしろには雲の筋が幾何学的にととのった模様となり、

EMシェンの空の高いところを高速で回転している。スペース＝ジェットの周囲は、いまは薄暗く濁った赤色につつまれていた。凍ったアンモニアでできた幕が虚無から生じてはたちまち消え、そのはかりしれないほどの奥深くでは、生物の存在を脅かすようなグロテスクな地表が待ちかまえている。

《ダコタ》と《メキシコ》はローダンの搭乗艇からはなれた。スペース＝ジェットはそれぞれの観察区域を指定されている。定められた時間が過ぎたら、とりきめた場所に集合して、《ダン・ピコット》にもどる。

その予定だった。

高度十キロメートルから、マイクロ波探知機が、荒々しく割れ目のはいった、つねに動きつづけているような地形をとらえた。EMシェンの地表の上には百気圧をこえる大気があり、平均気温は絶対温度でほぼ百六十度、重力は地球の二倍半あった。大気はとまることなく動きつづけている。雲の上層の速度は異常なほどではなかったが、それでもハリケーンといってもいいような風圧があった。この大気運動により、気温と気圧が突然、不安定になる。アンモニアは、液体時には気流に渦を生じさせ、凍ると一瞬で巨大な山のように積みあがった。山はあっという間にでき、周囲の熱量が増加するとすぐにまた消滅した。

安定した地表があらわれないかとローダンは見張っていた。マイクロ波探知機がとどく範囲では、南北にのびる岩の山脈が二本見つかった。巨大な岩山で、絶え間ない浸食によって蝕《むしば》まれ、奇怪なかたちをしている。二本の山脈のあいだにはせまい谷があった。谷底には、精神錯乱の彫刻家が削りだした巨大な彫像のように、岩が塊りとなって積み重なっている。

ローダンは、フェルマー・ロイドが独特の目つきで谷の映像を見ているのに気づき、

「なにかあったのか？」と、たずねた。

ミュータントはうなずき、答えた。

「先ほど感じたプシオン性インパルスが、その谷でとくに強く発生しています」

ローダンは通信機の特殊キィを操作して、ほかのスペース＝ジェット二機に《ジャワ》の現在ポジションを知らせ、マイクに向かっていった。

「われわれ、かなり環境のきびしい地帯に侵入する。シグナルが消えたら、とりきめどおりに行動するように！」

ニッキ・フリッケルは、マイクロ波探知機スクリーンに疑い深い視線を向けた。

「あそこにですか？」と、たずねる。

「そうだ。なにか異議でも？」

「自分としては、この谷は大きく迂回したいところです」ニッキが答えた。

ローダンはその肩にやさしく手を置いた。

「ほかに選択肢はない、ニッキ。フェルマーから聞いただろう。シュプールがあそこへと導いているのだ」

ニッキは肩をいからせた。しばらく前に、頭をよぎった思考を思いだす。かれのそばにいられれば、どんな出動にもひるむことはない……どれほど危険があっても。

「行きましょう」決然としていった。

＊

濃いグリーンの霧がゆっくり谷底でうねっていた。ここは高い岩壁のおかげで、荒れ狂う嵐から守られている。毒に満ちた世界の謎の化学物質が、アンモニアの絶え間ない間欠泉を発生させ、霧に動きをあたえ、生物のように動かしている。《ジャワ》の投光器が暗がりを照らし、風化により浸食された岩の恐ろしいかたちをとらえた。

岩壁は遠くから見たときに予測したよりも安定していなかった。動きはやむことがない。浸食によりもろくなっており、重力が大きいために、息もつけないような速度で岩が落下している。外側マイクがたえず響くさまざまな轟音《ごうおん》をひろい、そこに岩壁の向こう側でとどろくすさまじい騒音が混ざる。

ローダンはフェルマー・ロイドと、大スクリーンに注意を向けた。ミュータントははりつめた集中状態で、目を閉じている。ときどき、角ばった顔に痙攣がはしる。フェルマーが跳びあがり、興奮して謎のメンタル放射の発生源を発見したと告げるのを、ローダンは期待した。しかし、その期待はくりかえし裏切られた。《ダコタ》からも報告はない。グッキーもフェルマー同様、ほとんど成果をあげられないのだ。

《ジャワ》が投光器の光を追うように、蛇行する谷を進むあいだ、ローダンは谷の両側の岩壁から目をはなさない。ときどき、動きが見えた気がしていた。岩が落下するのを見たのかと思ったが、その現象は発生したのと同じようにすぐに消えた。とうとう、不安定な光とスペース＝ジェットのあわただしい飛行のせいだと結論づけたが、あまりにその現象が規則的にくりかえされるので気になった。

《ジャワ》は、フィールド・バリアを作動させていた。そのイオン化作用によって、環境が不安定になっているのかもしれない。EMシェンに棲息する生命体が不明であるかぎり、この惑星の自然に対して不利な影響をあたえるのは阻止したかった。岩の落下はたいした問題ではない。スペース＝ジェットができるだけ谷の中央を飛んでいるあいだは、岩はすぐ下の谷底に落ちているから。ただ、障害物のせいで垂直に切りたつ岩壁に接近して飛ぶしかなくなったら……乗員に深刻な危機が迫る前に山全体が崩れることになり、その下に埋まってしまうだろう。それでもローダンは重サヴァイヴァル・スーツの着用を指示していた。

南に進むにつれて谷幅はしだいにひろくなり、六十キロメートル先では大きな石におおわれた平地が開けていた。同時に谷底の高低差もひどくなった。奇妙なかたちのとがった岩が谷底からつきだしており、スペース＝ジェットはわきによけるしかなかった。ニッキは岩壁の大きくはりだした部分をさししめした。浸食で大きな口を開けている。

「高度をあげるか、あるいは、あの穴を突破するしかありません」と、声がローダンのヘルメット・テレカムに響いた。

ローダンは前方のようすをうかがった。内径百メートル強の不規則なかたちの穴で、岩壁をまっすぐ貫いている。投光器の光はじゃまされることなく、数キロメートル先の谷底を照らしている。

「穴を通過しよう」ローダンは決断した。

スペース＝ジェットでこのひろい穴を突破するのは、むずかしい操縦ではなかった。しかし、岩壁にすっかりかこまれはじめると、艇内の乗員はいくらか不安に襲われた。まぶしい光がクレバスや、曲がりくねる道、光る氷の壁を、岩壁ができて以来の暗闇から浮かびあがらせる。ローダンは顔をあげ、ふたたび、なにかがすばやく動いてすぐに消えたのが見えたと思った。

明るい音が響いた。かたい物体が艇に衝突したのだ。ローダンは、ニッキがからだをすくめたのに気づいて声をかけた。

「もう大丈夫だ。ただのちいさい岩だ」

警報がけたたましく鳴った。

「エアロックが開いています！」ニッキが息もつけないような叫び声をあげた。

制御コンソールにローダンはかがんだ。主エアロックの赤い警告ランプが光っている。閉鎖スイッチをたたく。ふたつめの警告ランプが光った。誤作動だ！　主エアロックが閉まらなくなってしまった。

ローダンは立ちあがり、グラヴォ・パックのスイッチをいれて、強い重力に妨害されないようにする。床を蹴ると、ハッチにつづく通廊へ浮遊していった。

べつの警報が響いた。猛烈な風圧につつまれ、ローダンはスペース＝ジェットのせまいキャビンのほうになにはじき飛ばされた。空中湿度が凝縮され、高濃度の霧になる。支えを見つけて立ちあがると、ローダンはふたたび前進しようとした。渦を巻く霧の向こうに、エアロックの内側ハッチが開いているのが見えた。そこからあふれでてくるのは、形容しがたいほど醜いものだった。

「退避しろ！」ローダンの警告の声が響いた。

# 8

大混乱となった。

ローダンは強い力を感じたと思うと、キャビンの壁にはねとばされた。騒がしい音が聞こえ、叫び声がつづいた。ニッキ・フリッケルの声だとわかったが、その内容は不明だ。急に暗くなった。暗闇に火花がはしって音をたて、ふたたび消えた。スペース＝ジェットはきりもみ状に回転して、停止した。

通廊から災《わざわ》いを告げるような低いうなり声がする。かたちのないグレイの塊りが周囲をこするようにしながら、ゆっくり移動している。ローダンのヘルメット・ランプが点灯して、通廊をふさぐようにふくらむ海綿のような物体が見えた。空中湿度の凝縮した霧が突然、消滅した。

ローダンはホルスターからパラライザーをぬいた。通廊をすべり動く流動的な物体めがけて発射する。低いうなり声が大きくなったが、前方へ進む動きはとまらない。パラライザーは、この未知生物には効果はないのだ。

「フェルマー、これはなんだ?」ヘルメット・マイクロフォンに向かって、ローダンは大声でいった。

「知性体ではありません、ペリー」ミュータントが答える。その声は、痛みをこらえているように響いた。「待って……いま、行きます!」

パラライザーをブラスターに持ちかえ、ローダンは海綿のような物体を撃った。まぶしいエネルギー・ビームが音をたてて命中し、煙がたちのぼる。うなり声が甲高《かんだか》い、耳をつんざくような叫び声になった。粘り強い獣で、ひきさがらない。ローダンは、侵入者の大部分が燃えつきて、エアロックの内側ハッチがふたたび見えるようになるまで、エネルギー・ビームをはなちつづけた。エアロックの向こう側からごぼごぼと奇妙な音が響いている。艇が軽く震動し、エアロックが自動的に閉じた。周囲はしずまりかえり、ヘルメット・テレカムからあえぎ声が聞こえるだけになった。

非常灯がついた。ようやくローダンは、未知生物に遭遇してからの損害状況を把握することができた。シートは留め具からはずれ、キャビンの床に散乱している。制御コンソールでは、多くの警告ランプや損傷を告げるランプが光っていた。ニッキ・フリッケルがグラヴォ・パックで重力を中和させながら飛んできて、操縦席につくと急いでスイッチを操作した。フェルマー・ロイドとラス・ツバイはどうやら無傷で、キャビンの向かい側にいて、機器類の破片のなかで必死に作業していた。

非常システムによりふたたび作動した大スクリーンに、奇妙な光景がうつった。深い暗闇の奥に、直径が人間のおや指の爪ほどもない円が、不吉な赤い光をかすかにはなっていた。《ジャワ》は岩壁をトンネルのように貫く洞穴の中央で墜落していた。円は洞穴の出口で、不吉な赤は惑星EMシェンがめぐる恒星の色だ。

ニッキは振りかえった。

「すみません。うまく操縦できませんでした」

「きみの責任ではない」ローダンがいった。「ほかの二機と連絡はとれているか？《ダン・ピコット》とは？」

「いいえ」と、ニッキ。「衝突で通信装置が損傷をうけました」

ローダンはフェルマー・ロイドのほうを向いた。

「では、きみの出番だ。グッキーと話はできたか？」

テレパスの顔はひきつっていて、いい答えは期待できない。

「数分前から試みているのですが、ペリー。成功していません」

「けがでもしたのか、フェルマー？」

「いいえ」

ローダンは前方を凝視した。これは海綿に似た未知生物のスペース＝ジェットに対する襲撃以上の事件だ。通常の状態であれば、このような攻撃は艇を危機にさらすことなく、ただちに防御されるはずだった。しかし、《ジャワ》は墜落し、内部は毒ガスが充満し、通信機は故障している！　しかも、それだけでは充分ではないかのように……フエルマー・ロイドはテレパシーを使ってグッキーと会話する能力を失ってしまった。

「全員、協力してくれ」ローダンはいった。「解決すべき問題が発生した」

＊

通廊の壁や床にのこる焼け焦《やこ》げた定義不可能な物質は、《ジャワ》を襲った生物の本質について、なんの情報もあたえてくれなかった。数分後、墜落した宙航士たちはこの侵入者を〝EM海綿〟と呼ぶようになっていた。しかし、それが本当に海綿に似た生物なのか……あるいは、人類がこれまで直面したことのない完全に未知の生命体なのか、だれにもわからなかった。

ローダンはエアロックを検証し、外側エアロック・ハッチが無理にこじあけられているのを発見した。これほどの損傷をひきおこすとは。未知生物が発揮したにちがいない恐ろしい力を想像して、ぞっとする。ただし、近くで観察すると、ハッチが開いたのは二次的作用だったようだとわかった。怪物は、スペース＝ジェットの外被にあるスイッチを操作して、エアロック室にはいったのだ。周囲を見まわす。トンネルの頭上には、氷におおわれた岩々が威嚇するようにさがっている。上のどこかから、未知生物はやってきたはずだ。たんに落下して、きっと特別な意図もなく開閉メカニズムに偶然衝突し、その作用によってハッチが外側から開いたのだろう。衝突で響いた明るい音は艇内まで聞こえた。開閉メカニズムは破壊されて、エアロックの保安装置に混乱が生じた。外側ハッチは開き、数秒後、内側ハッチもやはり開放されてしまったのだ。

未知生物が突然に膨張したときのようすを、ローダンははっきりおぼえていた。おそらく通廊だけでなく、エアロック室全体にからだがふくらんでいたのだろう。突然、たいへんな勢いでふくれあがったため、外側ハッチがはじけとんだようだ。

《ジャワ》はほぼ垂直に降りていて、トンネルの岩だらけの地面に五十メートルの長い溝を刻んでいた。外被には多数のひっかき傷と、多少の凸凹《でこぼこ》ができている。爆発のエネルギーが原因だろう。そのせいでエンジンと通信装置も麻痺したにちがいない。

ローダンはグラヴォ・パックを調べると、半壊したエアロックを出て、トンネルの暗闇に向かって飛んだ。外側マイクのスイッチをいれて、未知の世界の奇妙な音に耳をすました。遠くから嵐の猛《たけ》り狂《くる》う音が聞こえる。谷ではものが割れる音が響き、ほとんど絶え間なく岩が墜落して、地面で粉砕されていた。そのあいだにときどき、間欠泉が噴きだす音がする。しかし、なによりも近くから聞こえるのは、全方向から同時に響いてくるような、なにかがきしみつづける音だった。ローダンがヘルメット・ランプをトンネルの壁に向けると、なにかがすばやく動くのが幻のように見えた……谷の岩壁をスクリーンで確認したときと同じだ。

ブラスターを手にとり、壁ににじりよる。ランプの光がまるくあたると、動きはやんだ。しかし、急いで頭を動かした結果、トンネルのあちこちで動きがあるとわかった。壁まで十メートルの地点で立ちどまる。手袋をはめた手で銃を握りしめ、いつでも発射できるようにそなえた。とうとう、奇妙な動きの意味を理解した。きしむような音の発生源も。岩壁はちいさい円形の生物でおおわれていたのだ。数百、数千か。大西洋の海岸で見つかる平たいウニの一種、タコノマクラのように見えた。直径十二センチメートルほどだろうか。接近すると、からだに毛のような突起が密集して生えているのがわかる。言葉の本来の意味としては、毛というのは間違いだろう。この生物は突起の力で岩壁につかまり、前進する手段としても使っていた。

身じろぎもせずに、ペリー・ローダンはトンネルの巨大な壁の前に浮遊していたが、ステレオタイプな思考法から不毛の世界だと判断してしまった惑星の、生命の多様性に驚嘆した。慎重にブラスターをホルスターにもどすと、向きを変え、スペース＝ジェットにもどっていく。途中でマイクロフォンをセットして、両スペース＝ジェットに連絡して、これまでの出来ごとを報告し、最後にこう締めくくった。

「さしあたり、EMシェンには着陸しないように。この惑星は、危険性のある未知生物であふれている。わたしは同行者とともに近辺を調査するつもりだ。詳細がわかったら、また報告する」

＊

一行はゆっくり南へ進んだ。谷の岩壁からは距離をとっている。谷の中央に障害物がそびえていれば、その上を飛行して回避した。ペリー・ローダンが前衛をつとめる。ニッキとミュータントふたりは部隊の中央だ。《ダン・ピコット》の乗員ふたりは両側から飛行して随伴し、側面の護衛をした。

《ダコタ》と《メキシコ》とはヘルメット・テレカムで通信をたもっている。両艇とも依然、指示された目的地を調査していた。グッキーはくりかえし、メンタル平面でのインパルスを明確に感じていると連絡してきた。しかし、その発生源はつきとめられていない。両スペース＝ジェットから援助の申し出があったが、ローダンは頑強に拒否した。「さしせまった危険はない」と、いうのが、紋切り型の答えだった。「きみたちには、それぞれの調査活動があるだろう」

はじめのうちローダンは、この惑星にポルレイターの明確なシュプールがのこされており、なんなく発見できるだろうと期待していたが、この楽観的予測は著しく裏切られそうだ。EMシェンは、遠くから観察してそう見えたとおり、奇妙な生命形態が発達している、毒に満ちた恐ろしい惑星にすぎないようだった。ポルレイターのような種族にとっては、有効なかくれ場には見えなかっただろう。

われわれはここで時間をむだにしたのか？　ローダンは自問した。自信を失っていた。ライレの〝目〟が機能しなくなったと着陸時に確認したとき、その原因は、ポルレイター自身か、あるいはかれらが設置した防御メカニズムのせいだと確信していた。しかし、その見解はすでに変わっていた。EMシェンにそのようなメカニズムが存在するなら、なぜ《ダン・ピコット》のゾンデも、《ダコタ》や《メキシコ》の計測機器も、それをとらえないのだろうか？

ただひとつ、まだ考えるべき点があった。フェルマー・ロイドがグッキーとテレパシーで話せなくなっていることだ。イルトのほうは、テレパシーを問題なく使えているのだが。フェルマーは疲れはてている。テレポーターのラス・ツバイも、似たような徴候で愚痴をこぼしている。実験的に何度か近くへジャンプしたが、疲労困憊《こんぱい》してもどってきた。この一帯……ほかでもないEMシェンのどこか……に、ミュータントの能力を吸収してしまう未知の影響力がひそんでいるのだ。

ローダンはこの影響力の発生源を探すつもりだった。どの方向に向かえばいいのか、明確ではなかったが、運まかせで南を選んでいた。奇妙な墜落をする前に《ジャワ》が向かっていた方向だ。しかし、ラス・ツバイとフェルマー・ロイドの状態が悪化しているのに気づいた。肉体的には問題はないはずなのだが、疲労がひどい。適当な野営地が見つかれば、休憩できるのだが。しかし、疲労が増しているということは、正しいシュプールを追っていることを意味する。

飛びながら、ローダンは下の岩の表面を絶え間なく観察していた。見張るべき場所がわかったいま、この不毛な土地のあちこちに棲息する未知の生命体を発見するのは容易だった。目を向けるとどこでも、皿形の物体が動いているのが確認できる。いずれも同じ種だったが、トンネル内で見たものよりも外にいるもののほうが大きい。トンネル内は、最善の生活条件といえず、そこで暮らす生物は谷の仲間よりもちいさくなってしまったのだろう。

トンネル内の生物は、いま、《ジャワ》を襲ってはいないだろうか。一行は、スペース＝ジェットを置いてくるしかなかった。操縦できる状態になかったからだ。《ダン・ピコット》が着陸したら、修理できるだろう。しかし、いまのところ、役にたたないがらくたにすぎない。

谷がひろくなった。《ジャワ》のマイクロ波探知機スクリーンで見た平地に接近している。曲がりくねった谷の両側にそびえる山脈は東西にひろがり、直径二十キロメートルの巨大な盆地をかたちづくっていた。そびえたつ岩壁は明らかに、荒れ狂う嵐から谷を守る働きをしていた。向こうには、広大な湖が見える。湖面はおだやかなようだ。谷の手前は岩屑でおおわれていて、そこに黒く輝く巨石が、百五十メートルの高さまでそびえていた。

数時間前にここに設置されたかのような、なめらかな結晶構造のモノリスだ。このような完璧なかたちで、恐ろしい毒のこもった空気の浸食にどのように耐えてきたのだろうか、と、思わず気になる物体だった。

＊

一行は、盆地の先まで進んでいた。黒い玄武岩モノリスが不審の念をかきたてている……ヘルメット・テレカムで、ローダンはそれらの意見を聞いた。かれはある岩塊に向かう。その岩塊は、モノリスとくらべても、小人にとってはなお共同住宅ほどの大きさがあり、黒い巨石からは一キロメートル弱しかはなれていない。岩塊の表面には多数の穴があいている。ローダンはどこかに洞穴が見つかるだろうと考えていた。《ダン・ピコット》が着陸できるかどうかわかるまでの、またその着陸場所が見つかるまでの、かくれ場にしたいのだ。

重サヴァイヴァル・スーツには、数週間ぶんの空気と飲み水がそなえられている。口に運べる凝縮口糧のタブレットも、排泄物《はいせつぶつ》の中和すなわち再処理をする機能もあった。マイクロコンピュータ制御の医療処置もできる。退屈すれば、音楽を流したり、ヘルメット内に映画をうつしたりすることもできた。

これがあれば、かなりもちこたえられるだろう。不安に思うべき点もない……ポルレイターのシュプールを可及的すみやかに発見しなくてはならないという、たったひとつの点をのぞけば。

岩塊の表面に見えるいちばん大きな穴に向かう。入口はひろい洞穴に見えたが、岩の中心に向かうにつれ、せまくなっていた。未知の世界で待ちうけているだろう予想もできない驚きから、守ってくれそうな場所だ。洞穴の岩壁は、アンモニアのぶあつい氷でおおわれている。墜落した偵察隊のメンバーたちは、グラヴォ・パックを中レベルにセットして、できるだけ快適にすごせるようにととのえた。

ラス・ツバイとフェルマー・ロイドは、洞穴の奥にもぐりこんだ。ふたりとも無気力で、ほとんど会話もできない状態だ。ふたりが苦しむ影響力の発生源が近くにあるにちがいない。

ローダンは盆地を調査する予定だった。《ダン・ピコット》の着陸場所として理想的に見えた。そこがある程度、安全だとわかれば、マルチェロ・パンタリーニに着陸するように連絡するつもりだ。ミュータントふたりには治療が必要だった。艦内にはいって未知の影響力から防御されるといいのだが。

洞穴の壁をおおうアンモニア氷が溶けはじめた。重サヴァイヴァル・スーツには断熱効果はあったが、六名がせまい場所にいっしょにいるだけで、熱がこもったのだ。アンモニアが垂れてきて、地面にたまり、ひろがっていった。ローダンはこの現象に注意をはらっておらず、ニッキの叫び声を聞いて、はじめてぎょっとした。

「気をつけて！　なんなの、これ？」

洞穴のはしに、毛におおわれた皿形の生物が一匹あらわれた。下部の毛を使って、驚くべき速さで動いている。その目的地は明らかに、すでにかなり大きくなっていたアンモニアだまりだった。未知生物は、アンモニアを飲もうとしているのだ。

それにつづいたのはあまりにすばやく驚嘆すべきことだったので、それぞれのプロセスをもはや分けることはできなかった。外側マイクからするするような音が響くと、アンモニアだまりはきれいにぬぐったように消え、未知生物が膨張をはじめた。毛はからだにはりつき、表面にちいさな穴が多数あいた海綿に似た姿になった。

ローダンの記憶がよみがえった。巨大海綿が突然、《ジャワ》の空中湿度をすべて吸収し、ふくらんだからだでエアロック通廊をふさいでいたことを。

「退却！」ローダンは叫んだ。

未知生物は、直径一メートルほどの海綿状の球になり、まだ膨張しつづけている。ローダンがはなったビームが、ふくらむからだの中心に命中した。相手は怒ったようにうなり声をあげ、テラナーに反撃しようとする。しかし、エネルギー・ビームで焼かれて、その力をなくし、海綿は耳ざわりな音をたてて爆発し、粘着質の残骸となって洞穴に散らばった。

ローダンが振りかえると、うしろにニッキが立っていた。ヘルメットの奥の顔は蒼白で、目は恐怖で見開かれている。

「これが……」と、ニッキがいうと、ローダンはうなずいた。

「そうだ。《ジャワ》を襲ったのは、これに似た生物だ。ちいさいが、とてつもない成長エネルギーを秘めている」と、未知の生命体の残骸がはりついた壁をみつめる。「この生命体に注意しなくては」

# 9

一行は洞穴をあとにした。さっきの出来ごとからすると、ここは安全ではないようだった。通常は無害な、ちいさな皿形の生物であるEM海綿は、いたるところにいた。だが、地表からははなれられないようだ。飛ぶことはできない。スペース＝ジェットを襲った海綿は、トンネルの天井から落下したのだろう。機内への侵入に成功したのは、ありそうもないとはいえ完全に偶然と推測されることが、いまとなっては以前よりもはっきりした。EM海綿に対しては、地表からできるだけはなれていれば安全だ。

高度三十メートルをたもって盆地を浮遊して進んでいく。障害物は避けて通った。EM海綿は、液体から栄養をとっている……どんな液体からも。《ジャワ》を襲った海綿は空気中の水分を吸収し、洞穴の招かれざる客は液体のアンモニアを飲んでいた。液体をとりいれると、からだを膨張させる機能が働くのだ。テラの海綿動物と比較するのは間違っているだろう。洞穴の地面にたまっていたわずかなアンモニアを摂取しただけで、からだが膨張して直径一メートル以上の球になるなど、説明がつかない。

この生物については宇宙生物学者が頭を悩ますことになるだろう。ローダンはすでにべつの問題を考えていた。谷の南、十キロメートルもはなれていない場所に、アンモニアの湖があった。EM海綿が液体にあれほど執着するなら、なぜ、湖のアンモニアを飲みほさないのだろう？　これは、《ダン・ピコット》に着陸を指示する前にかたづけなければならない疑問のひとつだ。

ローダンは、フェルマー・ロイドのそばに近よってたずねた。

「気分はどうだ？」

「眠いです」簡潔な答えだった。

「《ダン・ピコット》が着陸して医師に診《み》てもらうまでは、まだ時間がかかる。《ダコタ》か《メキシコ》を呼んで、ここからはなれることもできるが」

フェルマーはかぶりを振った。

「ぐあいは悪くありません。数時間眠れば快復するような程度の疲労で、ある一定のレベルでおちついています。ひどくはならないでしょう。深刻な状況だとは思えません。この件についてラスと話をしました。われわれ、あなたのそばにいたいのです」ヘルメットの下でフェルマーがほほえもうとしているのが、ローダンに見えた。「ともかくここで、われわれが必要になるかもしれませんから」

ローダンは数百メートル先にそびえるモノリスを見つめた。沈んでいく恒星が、なめらかな黒い玄武岩に赤い光を投げかけ、銅のような輝きをあたえている。その頂きのかたちは不規則だったが、疲れきった六名の宙航士が休めそうなたいらな場所があった。

グラヴォ・パックの出力をあげ、モノリスの頂きをめざした。ローダンの期待は現実のものとなった。周囲をかこまれた直径八メートルほどのほぼ円形の平地がある。アンモニアの雪はどこにも積もっておらず、EM海綿もいない。せまい平地は、ラス・ツバイとフェルマー・ロイドが休息するのに理想的な場所に見えた。

「よさそうだわ」ニッキがいった。「わたしたちはどうします？　いいアイデアが浮かぶまで、すわっています？」

「わたしは谷を調査するつもりだ」ローダンが答えた。「とくに向こうの湖に興味がある」

「いいですね。いっしょに行ってもおじゃまにならないといいのですが」

ローダンは親しみとからかいの気持ちのこもった視線を向けたが、彼女が決然とした表情をしているのがわかり、答えた。

「どうしてじゃまなものか」

＊

ふたりはならんで飛んでいった。ヘルメット・テレカムから、モノリスの上にのこしてきたメンバーたちのなにげない会話が聞こえる。その声は好きなときにちいさくすることができた。ローダンはすでに《メキシコ》と《ダコタ》に連絡し、両艇の調査作業がほぼ終了したと報告をうけていた……成果はなかったが。グッキーはまだときどき、高度に発達した生命体の存在をしめすインパルスを感じていた。しかし、インパルスの発生源の特定はできていなかった。

赤い恒星は数時間で山の向こうに沈むだろう。それまでに湖とその周囲の調査はすませる必要がある。ローダンは、不快な驚きを感じることの多いこの惑星で、暗闇のなかを移動するつもりはなかった。

風が強くなり、アンモニアの雪を運んできた。グラヴォ・パックは気流の影響を中和し、ふたりがおだやかにコースをまっすぐ飛べるようにした。ローダンは湖面を観察していた。ここまでは冷たい風もとどかないようだ。湖はしずかで、黒い鏡のようになめらかだった。湖面を揺らす波ひとつない。

「なんの動きも見えません」ニッキが突然いった。

まっすぐ下を見つめている。ニッキははじめから、EM海綿に洞穴で遭遇したときに恐ろしい思いをしたことをかくしだてしなかった。彼女の注意は、この惑星の奇妙な住民に注《そそ》がれている……その意図は明白で、これ以上の遭遇を避けるためだ。

一瞥しただけで、ローダンはニッキの言葉が正しいとわかった。岩だらけの盆地では動くものはなにもなかった。この地帯には海綿はいない。湖の北の岸までの距離をたしかめる。一キロメートルもないだろう。ここには不可視のバリアがあって、海綿が湖に侵入するのを阻止しているのだろうか？

ほかの考えも思いついた。谷底は岩だらけで、住居ほどの大きさの岩もめずらしくなかった。しかし、湖の周辺の地面はたいらだ。石はひとつも見えず、ただ、たいらな岩盤があるだけ。明確な境界はない。ごろごろした岩の層は湖に近くなると薄くなり、完全になくなってしまうのだ。だれかが岩をかたづけ、すべてが自然な景色に見えるよう配慮したかのようだった。

ふたりは湖岸のすぐそばに着地した。ヘルメットの内側に見えるグラヴォ・パックのインジケーターが、ここは無風だとしめす。おだやかで、雪の一片も飛んでいない。外側温度計では、気温は絶対温度二百度だった。谷にくらべてずいぶん暖かい。ローダンは、液体アンモニアのしずかな湖面を見つめた。ここは無風なのか？　奇妙に心ともにならんで、を動かされていた。この湖には秘密がかくされている。なぜ、ここは無風なのか？　なぜ湖岸には大きな岩がなく、EM海綿はここまでこないのか？　この湖は生きているのかもしれない、という思いがよぎる。きびしい気候や岩、海綿から損害をうけないように配慮しているのではないか。

数十メートルうしろにさがり、岩場との境界までもどった。手ごろな石を選び、またニッキのそばにいくと、石を湖面に向かって投げた。湖岸は非常にしずかで、遠くの嵐の音さえ聞こえないから、湖面をたたく石の音は大きく響くだろう。

ローダンは自分の目が信じられなかった。石があたったところに、渦ができたのだ。これまでなめらかだったのに、百平方メートルほどのかぎられた部分だけが、急にはげしく動き、泡だちはじめた。石が投げられたせいで起きたとは考えられない動きだった。石は渦にひきこまれ、一瞬のち、かたい音が響いた。渦が石を吐きだしたのだ。石は大きく弧を描いて、湖岸からすくなくとも六十メートル以上はなれた地点に落ちた。湖はすぐにしずかになった。数秒後、ここですこし前に起こった騒ぎは跡形もなくなっていた。

ニッキはローダンのほうを向いた。唇に微笑が浮かんでいる。

「石はお気に召さなかったようね」

ローダンは鏡のような湖面を見やった。ニッキも同じ気持ちのようだ。湖は石が好きではないのだ。この湖は本当に生物なのだろうか？

＊

さしせまったような声で、ローダンは思考からひきもどされた。

「ペリー……インパルスをはっきり感じました！」

フェルマー・ロイドだった。ローダンは湖も石も忘れ、ミュータントの報告に集中した。

「どこからだ、フェルマー？」

「谷からです。発生源はかなりの勢いで移動しています。湖も奇妙なメンタル・インパルスをはなっています」

グッキーが《ダコタ》から六回は報告してきたのと同じ結果だった。メンタル放射の発生源は動くのだ……湖自体に影響をおよぼさないかぎりにおいて。

「よりくわしい説明はできるか？」ローダンはたずねた。「いま、インパルスは谷のどこで発生している？」

「湖の北東です」と、フェルマー・ロイド。「南東の山に向かって動いています」

ローダンはニッキに合図した。ふたりでグラヴォ・パックの出力をあげて高い位置まで浮かびあがると、湖岸から高速ではなれた。ローダンは東のコースを選んだ。フェルマーの報告をうけたあと、メンタル・インパルスの発生源がかなり移動している可能性を考慮したのだ。

はげしい気流のなかにはいりこんだような、軽い震動を感じる。グラヴォ・パックのインジケーターで、風の冷たいゾーンにもどったことを知った。空気の動きが強くなっている。薄く煙るアンモニアの雪が南東方向へ吹く速度から、風の強さが中程度の嵐になったことがわかった。

「あそこを見て！」ニッキがいきなり叫んだ。

ふたりは谷底から五十メートルの高さにいた。ローダンはニッキがのばした腕の先を見つめた。はじめは岩におおわれた地面の上を高速で動く影しか見えなかったが、暗い地面の詳細を見るのに目が慣れると、はっきり見えた。毛におおわれた円形の物体が、車輪のように回転しながら、嵐がくる前に移動している。風に追いたてられていた。明らかにEM海綿と同じ種だが、ずっと大きい。直径は一メートル半ほどだろうか。数は二十以上だ。低い障害物は乗りこえ、大きいものは避けている。観察するうちに、風を動力手段に使っているのがわかった。しかし、衝突から身を守るため、独自の制御機能もあるようだ。

生物が迅速に移動する光景は、印象深かった。からだの毛は風をうける帆の役割をはたしている。時速五十キロメートル以上の速度でころがり、地面の突出した部分をこえ、盆地との境界になっている山脈に向かってひたすら進んでいる。直進コースだ。ローダンは記憶をたどり、その直線は黒い玄武岩のふもとへつづいているにちがいないと考えた。

「フェルマー、見えたぞ。EM海綿と同じ生物だが、大きい。二十から三十はいる。まだインパルスを感じるか？」

「感じます、ペリー」テレパスが答えた。「数はそのとおりです。こんなに疲れていなければ、まだしばらく追跡できるのですが。ただ、いまはまもなく見失いそうな気がします」

「問題は、フェルマー」ローダンがせかした。「あの生物に知性があるかどうかだ」

「意識の動きは、明らかにコントロールされています」と、ミュータント。「つまり、意識的に考えており、われわれが知性を持つと格づけする基準にそっています。しかし、わたしにはかれらの思考は理解できません」

「だが、《ジャワ》を襲った海綿と同じ生物なんだぞ！」

「いいたいことはわかりますが」フェルマー・ロイドは疲弊しきったようにいう。「わたしには説明できません。あの海綿が知性体ではないのは明白でした。洞穴にいたものもです」

「わかった」ローダンはいった。「おそらく種が違うのだな」

ミュータントはそれ以上応えなかった。ローダンとニッキは勢いよくころがっていくEM海綿のあとを追った。生物は南の山の険しい側面を登りはじめた。速度はほとんど遅くなってはいない。しかし、いまは風だけを原動力にしているわけではなかった。大部分を自己の力にたよって動いている。感嘆すべき器用さだ。標高八百メートルほどの山脈を横断する細い道に向かって進み、その道にはいると、数秒で視野から消えた。

「ここでなにをするのかしら」ニッキ・フリッケルは考えこんだ。

＊

恒星が沈む前に、スペース＝ジェット二機は谷に着陸した。ローダンは、二機を呼びよせることを決断していた。この惑星に棲息する未知生物と未知の現象に直面したいま、戸外に長く滞在しては部隊に危険がおよぶと考えたためだ。《ダコタ》と《メキシコ》の操縦士には、フィールド・バリアを半分の出力で作動させるよう指示してある。惑星環境の保護よりも重要なのは……環境に対する弱いエネルギー・フィールドの影響など、たかが知れているが……エアロックを開いたときに恐ろしい抜け目なさを見せたEM海綿から身を守ることだった。

ローダンは自分でも理由はうまく説明できなかったが、二機に着陸場所として、玄武岩のモノリスからも湖からもできるだけはなれた場所を指示した。そのふたつの表面のデータは、特別な意味がありそうだから。湖と同様、玄武岩モノリスからも奇妙なインパルスが発せられている。それはグッキーとフェルマーによって探知された。

スペース＝ジェット二機は、はなれすぎない程度に距離をたもち、着陸した。墜落した偵察隊のメンバーたちが、モノリスの頂きにあるねぐらからおりてきた。ローダン、ニッキ・フリッケル、フェルマー・ロイドは《ダコタ》に向かい、ラス・ツバイと《ダン・ピコット》の乗員ふたりは《メキシコ》に収容された。両搭載艇のフィールド・バリアには、ローダンと同行者たちが通る構造通廊が一時的につくられた。《ダコタ》の操縦士ナークトルは、ローダンに挨拶すると、

「あなたが見つけたのは、奇妙な土地だったでしょう？」と、いった。

「どういう点が？」ローダンは、このスプリンガーが実際に自分と同じように感じたのか知りたくて、たずねた。

「この巨石に、向こうの湖……」ナークトルは大きな身ぶりでスクリーンをさししめした。「両方とも、この惑星由来のものではないようです。まるで、最近だれかがここに設置したみたいで……その理由は……」と、赤毛の頭をかいた。「……ええと、理由はわからないのですが」

同じことを考えていたとわかり、ローダンは茫然とした。まさにその考えが、ずっと頭をはなれなかったのだ。モノリスと湖がこの環境で奇異にうつる理由は、やはり説明できないのだが。

「そのとおりだ、ナークトル。ここには解明しなくてはならない謎がある」

グッキーの挨拶は予想どおりだった。

「ここはどうなってるの？」イルトは不平をいった。「全身の骨の髄からエネルギーを吸いとられるみたいで、眠くなるんだ」

ローダンはうなずいた。

「その影響力の発生源はわからない。だが、フェルマーがくわしく説明してくれるだろう」

「数時間、寝たあとにしてください」テレパスが抗議する。

スペース＝ジェットのせまい場所に、できるだけ快適な寝床を全員で用意した。ローダンは、ジェン・サリクに湖岸での体験を伝えた。すると、サリクは独自の意見をいった。

「われわれ、惑星全体をくまなく捜索しましたが、かすかなメンタル・インパルス以外になにも発見できませんでした。ポルレイターと関係するものが本当にここにあるとするなら、そこの巨石と湖くらいでしょう」

せまい場所で横になり眠ろうとしたとき、ローダンはこの言葉を思いだして考えこんだ。あす、恒星が昇ったら、盆地を計画的に捜索しよう。その後、《ダン・ピコット》が着陸すれば、科学的・技術的な方法で、谷の謎を探求できる。

とうとう疲労感に襲われた。《ダン・ピコット》にいつごろ着陸を指示できるだろうか。

# 10

それはしずかにはじまった。

ナークトルと《ダン・ピコット》の乗員ソチルが、《ダコタ》のせまい司令スタンドで夜勤についていたとき、探知機が作動したのだ。投光器が光り、スペース＝ジェットの着陸場所の周囲の地面が動きはじめたのが、スクリーンにうつしだされた。動きは一瞬でやんだ。ふたりは数分間観察したが、外は平穏だった。ソチルが外に出る許可をもとめたとき、ナークトルは反対しなかった。ソチルは重サヴァイヴァル・スーツを着用し、スペース＝ジェットをはなれた。ナークトルは谷を歩くソチルをスクリーンで見守った。インジケーターを読むと、かれのグラヴォ・パックの人工重力フィールドは〇・八Gにセットされていた。

ソチルはとくに変わったことは発見できなかった。地面の動きをもたらした原因はわからず、《ダコタ》にもどってきた。ナークトルはずっと見ていたが、エアロックに近づいたときも問題はなさそうだった。

ソチルは決められたとおりエアロックにはいった。ナークトルはシートにもたれ、眠気を感じながら、機器がたてる音に耳をすました。

そのとき、けたたましい叫び声がして、ナークトルは跳びあがった。長年の経験からしか培《つちか》えない本能的なすばやさで反応し、インターカムのスイッチをいれた。

「ソチル……どうした？」

窒息しかけているようなあえぎ声と、怒った調子のうなり声しか聞こえない。中継スクリーンをオンにすると、恐怖でゆがむ男の顔がうつった。目は動物的本能による不安で眼窩からとびだしそうだ。それが最期の姿だった。ナークトルの視野が海綿状の脈動する塊りでふさがれたから。

自動センサーが作動するよりも早く、スプリンガーは警報スイッチに手をやった。スペース＝ジェットに警報が鳴りひびく。ナークトルは重サヴァイヴァル・スーツよりも装備がすくない通常の軽宇宙服を着用していた。肩の上にある透明フードをひと押し、ふくらませてヘルメットにする。銃を手に持ち、通廊に出た。エアロックに通じる通廊から金属をこする音が聞こえてきた。そこにくりひろげられていたのは、血も凍るほどの光景だった。海綿状の塊りがエアロック室からあふれだし、通廊の四角い断面をふさいでいる。

ナークトルは銃を発射した。しかし、通常どおりベルトにさしていたパラライザーでは、まるで効果がない。未知の物体は怒りの声をあげ、ふくらみながら接近してきた。かれが司令スタンドから送りだした男の姿は跡形もない。

「まかせろ、ナークトル」声がヘルメット・テレカムから聞こえた。

振り向くと、わきにペリー・ローダンが立っていた。ローダンは中型ブラスターをわきにかかえている。司令スタンドの施錠された棚から持ってきたにちがいない。指二本ぶんの太さのエネルギー・ビームが未知生物に命中する。海綿状の物体が痙攣してのたうちはじめ、うなり声をあげた。しかし、エネルギー・ビームには太刀打《たちう》ちできなかった。まぶしい光につつまれ、グレイがかったブルーの煙と化した。

生物の残骸は爆発した。まるで、体内に高感度のエネルギータンクがあり、ブラスターのビームがそこに命中したかのようだった。海綿状の物質の残骸が司令スタンドまで飛び散った。ローダンはジェネレーターのスイッチを切り、銃身をおろした。

ナークトルはローダンのわきを急いで走った。煙のたつ生物の残骸がころがる、熱を持った床の上を走り、エアロックに向かった。

「ソチル！」と、叫ぶ。

しかし、送りだした男の姿は見えなかった。重サヴァイヴァル・スーツさえも消えていた……不気味な生物に吸収されてしまったのだ。

*

「あの男は、海綿を重サヴァイヴァル・スーツにくっつけてきてしまったにちがいない」ローダンはいった。「それしか説明がつかない。EM海綿は飛べないから。かれらには、《ダコタ》のフィールド・バリアの構造通廊がいつ開くか、あらかじめわかる方法はない」

ナークトルは仲間を失ったショックからまだたちなおれず、茫然としている。

「海綿は、考えていたよりもずっと危険だわ」ニッキ・フリッケルが、考えこみながら床を見つめていった。

「いまから外出する者は、サヴァイヴァル・スーツのフィールド・バリアを作動させるのだ」ローダンは決断した。

EMシェンのこの地帯は夜だった……明るい夜だ。巨大な水素惑星をとりかこむ雲はぶあつく隙間もなかったが、数十万もの星々の光が地表にとどき、地球の雲のない夜に満月が五つそろって照らしているような明るさと遜色《そんしょく》ない。

夜の会議の四人めの参加者フェルマー・ロイドは、司令スタンドの知覚システムをあつかっていたが、振り向いていった。

「根本的な解決法を見つけなくては。外では海綿がうごめいています」

　スクリーンが奇妙な色に光っている。ミュータントは赤外線ライトを作動させていたのだ。海綿は可視光領域のスペクトルには反応して硬直するが、赤外線は知覚できないようだ。一万、あるいは十万もの海綿が重なりあい、カーペットのような厚さとなり、着陸場所の境界をこえて、百メートル以上ひろがっていた。

「数が多すぎる」ローダンは、一分ほどスクリーンを観察してからいった。「協力が必要だ」

　ラス・ツバイを起こす。

「《メキシコ》までジャンプして、イルミナをここに連れてくる力はのこっているか？」

　テレポーターは立ちあがった。

「ぐっすり眠れました」と、にやりとする。「木を数本ひっこぬけそうなくらい元気ですよ」

「木はいらない」と、ローダン。「イルミナだけでいいぞ」

　ラス・ツバイは非実体化した。二分もたたないうちに、イルミナ・コチストワを連れてもどってくる。女ミュータントはすこしぼうっとしているようだった。ラスの報告では、眠っていたということだった。

「イルミナ、きみの力が必要だ」ローダンは、EM海綿が侵入しようとした通廊の入口まで連れていき、壁紙のようにはりついている生物の残骸をさししめした。

「使える機器はほとんどないが」と、ローダン。「それでも、この……物質の分析をしてもらいたいのだ」

女ミュータントははじめに残骸を、次にローダンを見た。細胞活性装置によって加齢のプロセスがとまったのは、かなり高齢になってからだが、きわめて魅力的な女だ。黒く長いまつげの下の瞳には驚きがこもっていた。

「いますぐにですか？」

ローダンはうなずいた。誤解がまったく生じないような短いうなずき方だった。

「いますぐにだ」

＊

「こちら、パンタリーニ……なんという信じがたい映像でしょうか！」

《ダン・ピコット》は盆地の上空に浮遊したまま、海綿のようすを赤外線投光器で照らしていた。

「十万はいます！」マルチェロ・パンタリーニはつづけた。「積み重なり、防壁を築こうとしています」

「こちらでも見えている」ローダンはもどかしそうに答えた。「散布剤はどうなっている？」

「準備万端です」と、艦長。「本当に効果はあるでしょうか？」

「われわれ、イルミナを信頼している。海綿生物の組織を調べ、化学物質で追いはらうことができると約束したのだ。苦痛を感じて逃げだすだろうと」

「追いはらうだけでいいのですか？」パンタリーニは驚いた。「散布剤の効果がなくなったら、もどってきますよ！」

「この惑星の生物を大量殺戮するつもりはない」ローダンはまじめに答えた。「もどってきたら、あらたに散布すればいい。さ、マルチェロ、準備ができたなら……」

「すぐにはじめます」艦長はあわてて言葉をさえぎった。

まもなく、簡素な容器が空から降ってきた。下に落ちると、はじけて中身がひろがる。明るいグレイの濃い蒸気がたちのぼり、盆地の地面をおおうようにひろがった。イルミナ・コチストワは《ダコタ》の司令コクピットにいて、赤外線スクリーンにうつる光景から目をはなさなかった。外で散布されているのは、イルミナの配合による薬剤だった。EM海綿を追いはらうための物質の化学的な組みあわせを、彼女が決定したのだ。両手を組み、効果があらわれるのをいまかいまかと待っている。

この海綿に対して、イルミナがメタバイオ変換能力を使っても効果はないだろう。数が多すぎるのだ。未知の包囲軍の十体めも追いはらえないでいるうちに、疲労困憊して倒れてしまうだろう。

そのときだ！　谷底に汚れた布のようにひろがった霧のなかで動きがあった。数体のEM海綿のシルエットが浮かびあがるのが見える。明らかに両スペース＝ジェットの周囲から、急いで逃げだそうとしているようだ。

「うまくいったわ！」イルミナは興奮した。「生物が逃げだしている！」

「そのとおりです」マルチェロ・パンタリーニのおちついた声が受信機から響いた。「逃げだしています。お見事です、イルミナ」

＊

赤い恒星が昇った。化学物質の残骸が沈積し、汚れた根雪のようにひろがっている。ゾンデで徹底的に調査したが、一キロメートル四方にEM海綿は一体もいなかった。

《ダン・ピコット》が着陸し、スペース＝ジェット二機を収容した。早朝には、修理ロボットと乗員を乗せた大型牽引車が《ジャワ》救出に出発した。牽引車には薬剤散布容器が装備され、イルミナ・コチストワが配合した化学物質ののこりを放出できるようにした。救出作業は問題なく進み、すでに昼には、《ジャワ》は下部格納庫デッキにもどされていた。

午後には大規模な散布を実施し、黒い玄武岩モノリスの周辺をEM海綿から保護した。ローダンは、玄武岩の近くにしっかりした宿営地をととのえるつもりだった。玄武岩モノリスに格別の興味があり、どんな秘密がひそんでいるのか探りたかった。モノリス、湖、外見がEM海綿と同じに見える未知の知性体は、この惑星で解くべき謎だ。まずはモノリスを端緒《たんしょ》とすべきだろう。

ワイゲオの夜の放浪者たちは、食堂のいつもの席に集《つど》っていた。ウィド・ヘルフリッチは、スペース＝ジェット三機の出動には参加していなかったので、いつも以上にしつこくなっていた。操縦士の選出にもれたことを、くよくよ悩んでいたのだろう。

「さて、お嬢さん」と、意地の悪い笑みをニッキに向ける。「ご活躍だったそうだね。だが、なんのためだ？　われわれは、これからどうなるんだ？」

ニッキ・フリッケルは数時間、だれにもじゃまされることなく睡眠をとっていたので、満足した気分だった。

「知らないの？」と、驚いたように見せかけてたずねた。

「わたしが、なにを知らないって？」ウィドは興奮して、ききかえす。

「わたしの口からいうつもりはない、ニッキ」ナークトルは無愛想にうなった。

「きみたちらしいな」ウィドは怒って不平をいった。「たった一度、外に出たからといって……」

「いいわ」ニッキはほほえんで、態度をやわらげた。「教えてあげる。ペリー・ローダンは、このすばらしい惑星に、持続的な有人監視ステーションを設立すると決めたのよ」

「持続的？　有人だって？　とんでもないことだ！」

「かれは、監視ステーションの指揮官にだれがふさわしいか、わたしたちにきいたの」ニッキは動じずにつづけた。「で、わたしたちは、あなたが野心的で目だつことがだいじだと思っているのを知っているから……」

ウィドは跳びあがった。

「まさか！　わたしではないだろう？」

「そうよ」ニッキは親しげにいった。「あなたよ！」

ウィドは蒼白になった。よろめいてテーブルのはしにつかまる。

「きみたちのような者が友なら、敵などさらに必要あるだろうか？」と、うらみがましくいい、方向転換して、ふらつきながら歩きはじめた。

「どんなときも格言つきだな」ナークトルは破顔した。「舌をやけどしても同じだろう。それにしても、きみの冗談を信じるなんて、かれは思っていたよりもおろか者だな」

「そうかもね」ニッキは答えた。

# あとがきにかえて

若松宣子

本シリーズの巨大ロボット脳ネーサンは、ドイツ語読みでは、ナタンあるいはナータンとなる。ナタンといえば、旧約聖書に登場する預言者が知られている。ミケランジェロの手による美しくたくましい青年像で有名なあのダビデ王の晩年に、王をきびしく諫《いさ》めた人物だ。ダビデは旧約聖書においてイスラエル王国の二代目の統治者で、羊飼いだった少年時代に、身長二・九メートルの巨人兵士ゴリアテを、投石器を使い、石を額に命中させてたおし、ゴリアテの剣を引き抜き、その首をはねた逸話でも知られる。ダビデは神に愛され、王としてイスラエルを四十年間支配するが、晩年には家臣の妻に手を出した挙句、妊娠が露呈しないよう、家臣を戦地の最前線に赴かせて戦死させるという罪を犯す。預言者ナタンはそれを知り、たとえ話を用いてダビデを悔い改めさせるのだ。権力を恐れず、神に仕えてたたかう勇気をもつ預言者だった。

一方、ナータンといえばドイツでは賢者ナータンで、ドイツの代表的啓蒙思想家、劇作家のゴットホルト・エフライム・レッシング（一七二九―一七八一）の戯曲『賢者ナータン』の主人公だ。一七七九年に出版され、一七八三年にベルリンで上演された。舞台は、十二世紀末の十字軍時代のエルサレム。ユダヤ人の大富豪ナータンは、その土地を治めるスルタンから、ユダヤ教、キリスト教、イスラム教のいずれが本物の宗教かと問われる。じつはスルタンは、戦《いくさ》の資金繰りに困り、ナータンから金をゆすりとろうとしていたのだ。この難題にナータンは「三つの指輪」の寓話を用いて答える。

三人の息子が父から譲られた家宝の指輪でもめるが、じつは父は三人の息子を等しくかわいがっており、元はひとつしかない家宝の指輪とそっくりの指輪をふたつつくり、三人に贈っていたということがわかるのだ。いずれの指輪が本物かということよりも、心清らかに神に帰依することこそが大事だというたとえ話である。これを語るナータンは、キリスト教徒に妻と子ども七人を殺された経験をもつ男だった。この設定からも、レッシングの深い宗教観が感じられる。すでに二百四十年近く前の作品だが、ユーモアのある場面も多く展開もスリリングで、現在でもドイツで上演されることが多いのはうなずける。

ナータンが、養女を火事から救ってくれたキリスト教徒の神殿騎士にむかって、民族とは何かと語る場面がある。「民族とはなんだろうか。キリスト教徒やユダヤ教徒だといっても、人間であるより先に、キリスト教徒やユダヤ教徒だったりするものだろうか」（第二幕第五場より）素朴だが力づよい言葉で、心うたれる。ロボット脳ネーサンはこうした叡智と力強い意志に満ちたふたりにあやかり、名をつけられているのだ。

話は変わり、この数年、自転車のロードレースをよく見ている。二〇一六年夏のツール・ド・フランスの出発地はモン・サン・ミッシェルで、壮麗な風景の中を、百九十八台の自転車が走り抜ける様子はまさに圧巻だった。三週間つづくレースで初日のゴールは、ノルマンディー上陸作戦で激戦地のひとつとなったユタビーチ。ゴール地点では、イギリスやドイツ、さまざまな国籍の選手たちが並び、犠牲になった兵士たちを祀《まつ》る記念碑に花を捧げた。レースの後に、胸の熱くなる場面だった。二〇一六年にはフランス革命記念日にニースでトラックが観客の列に突っこみ、多くの人々が犠牲になったテロ事件もあり、ツール・ド・フランスの最終ゴール地点のシャンゼリゼでのパレードも開催が危ぶまれた。あらためて今、レッシングの言葉が重く響く。

ちなみにドイツ語版ウィキペディアのNathanの項を見ると、二〇一六年の夏現在、創作作品に登場するNathanとして紹介されているのはふたりだけ。賢者ナータンと、宇宙英雄ローダン・シリーズのロボット脳ネーサンだ。

訳者略歴　中央大学大学院独文学専攻博士課程修了，中央大学講師，翻訳家　訳書『スーパーゲーム』フォルツ＆ダールトン，『兄弟団の声』マール（以上早川書房刊）他多数

HM=Hayakawa Mystery
SF=Science Fiction
JA=Japanese Author
NV=Novel
NF=Nonfiction
FT=Fantasy

宇宙英雄ローダン・シリーズ〈529〉

# 難船者《なんせんしゃ》たち

〈SF2089〉


二〇一六年九月二十日　印刷
二〇一六年九月二十五日　発行

（定価はカバーに表示してあります）

著者　H・G・フランシス　クルト・マール
訳者　若《わか》松《まつ》宣《のり》子《こ》
発行者　早川浩
発行所　株式会社早川書房
郵便番号　一〇一－〇〇四六
東京都千代田区神田多町二ノ二
電話　〇三－三二五二－三一一一（大代表）
振替　〇〇一六〇－三－四七七九九
http://www.hayakawa-online.co.jp

乱丁・落丁本は小社制作部宛お送り下さい。
送料小社負担にてお取りかえいたします。

印刷・信毎書籍印刷株式会社　製本・株式会社川島製本所
Printed and bound in Japan
ISBN978-4-15-012089-4 C0197



本書のコピー、スキャン、デジタル化等の無断複製は著作権法上の例外を除き禁じられています。